睦月影郎

ママは元アイドル

実業之日本社

実業之日本社文庫

ママは元アイドル　目次

ママは元アイドル

第一章　愛《いと》しのアイドルに接近

1

「ああ、あの本は売り切れちゃったんだ。次の入荷まで待ってもらわないとね」

「そう……、街の本屋さんにあるかしら……」

涼太《りょうた》は言い、残念そうな顔をする理沙《りさ》に思わず股間を熱くさせてしまった。

大学の購買部である。

大村《おおむら》涼太はアルバイトの大学職員、と言えば聞こえは良いが、週の大部分は構内にあるこの書籍と文具の店、たまに人手が足りないときは喫茶コーナーや学生食堂で皿洗いもしている三十五歳の独身だった。

それでも作家志望で、文芸サークルには助手として顔を出しているので、落合《おちあい》理沙とも知り合いである。

理沙は十八歳、可憐《かれん》な顔立ちだが大人しく、恐らくまだ処女だろうと涼太は思っていた。そして彼女は、涼太がかつて熱中したアイドルに似ていたため、恋心を抱いて妄想オナニーでもお世話になっていたのだった。

「本屋でも、注文になるだろうね。だいぶ前の本だから」

「そうですか……」

「でも、僕のうちにはあるし、もう読んじゃったから、今日寄れるならあげてもいいよ」

「本当ですか……！」

周囲に聞こえないよう囁《ささや》くと、理沙が顔を輝かせて言った。その拍子に、ふんわりと甘ったるい思春期の体臭が感じられ、涼太はムクムクと勃起しはじめてしまった。

「うん、今日はもう上がれるから、良ければ近くだから来る？」

「はい、行きます」

理沙が嬉《うれ》しげに言うので、少し出口で待っててもらうことにした。

涼太は仕事を上がり、待っている彼女と一緒に大学を出た。

今日はサークルもない日だし、涼太も帰ろうと思っていたところだから、実にちょうど良いタイミングだった。

理沙が買いに来た本は、少し前に出た文芸評論で上下二冊組のものである。

彼女も文章を書くのが好きで、同人誌などには短編を載せていた。

しかし涼太は、理沙がいるからサークルで熱心に手伝うようになったものの、金にならない自己満足の同人誌には興味が無かった。

すでに涼太は一冊だけ、美少女戦隊もののライトノベルを出しているし、それもあって理沙も何かと彼に親しげにしてくるのだった。

(でも、手を出して良いものかなあ。年齢も半分近く下だし……)

涼太は理沙に欲望を感じながら、まだ二人きりのデートすらしたことはなく、どうせ彼女から見ても、三十五歳の彼は単なる優しい先輩のオッサンに過ぎないのだろう。

もちろん理沙が彼の住まいに来るなど、初めてのことである。

しかし彼女は何の警戒心もなく、大学から歩いて五分ちょっとのハイツに到着した。

部屋は一階の隅で、彼は鍵を開けて理沙を招き入れた。

入り口で立ったまま待つかと思ったが、彼女はちゃんと上がり込んできたので涼太はドアを内側から閉めてそっとロックした。密室になると、さらに胸のときめきが激しくなった。

「男の人のお部屋入ったの初めて。でも片付いてるんですね」

理沙が言い、物珍しげに室内を見回した。

三畳ほどのキッチンに食事用の小さなテーブルがあり、流しも割りに綺麗《きれい》にしていた。あとは十畳ほどの洋間だけで、ベッドに机に本棚、テレビとソファが機能的に配置されていた。

涼太の実家は湘南《しょうなん》で、両親ともに高校教師。一人いる弟はすでに妻子を持ち、やはり教員になっていた。

涼太一人、作家を目指して気ままに働いては持ち込み用の執筆をし、こうして可憐な女子大生と接してはいるが、実はまだ素人《しろうと》童貞であった。

二十代の頃は、金を貯《た》めては風俗に通っていたが、やはり事務的な対応と無臭の感じが物足りず、三十過ぎたら止《や》めてしまった。

そして恋愛経験は、まだ一度もなかったのである。

背丈も体型も顔形もごく普通なのだが、やはりシャイで大人しいタイプなので女の子からは恋愛対象から外されていたのだろう。

まして今は女子大生と接しているので、若い娘から見れば彼は、単なるオッサンなのであった。

「じゃ、これあげるから持っていっていいよ」

涼太は言い、本棚から上巻だけ出して理沙に渡した。

「わあ、有難うございます」

「下巻は、あと少しで読み終えるので、済んだらあげるから待ってて」

本当は下巻も読んでしまっているのだが、一度に渡してしまうより、少しでも理沙に会う切っ掛けを作りたいので、そう言っておいた。

理沙だけは、他の女子大生とは違うのだ。彼が中学生の頃から思い続けていたアイドルに瓜《うり》二つなので、どこか混同しながら熱い思いを向けてしまっているのである。

「分かりました。じゃ代金をお支払いしますね」

「いいよ、そんなの。どうせ読んでしまったし要らないものだからね」

「そうなんですか。なんか悪いです」

理沙は言いながらも、本を持ってきたバッグに入れた。そして、ふと本棚の下の方に目を遣《や》った。

「この写真集……」

理沙がしゃがみ込んで、並んでいる背表紙を眺めて言った。そこには、涼太のアイドルである、相原奈緒子《あいはらなおこ》の写真集全てと、個人的に作ったスクラップブックが揃《そろ》っているのだ。

このコレクションだけは実家に置かず、全て持ってきていたのである。

奈緒子は、幼顔で巨乳のアイドル歌手で、歌ばかりでなくＣＭやドラマにも出て、とにかく涼太は夢中で中学時代の初々しいザーメンを限りなく絞り出したものだった。

いや、初の精通も奈緒子の面影で発射したのである。

しかし当然中学生では金も無く、コンサートなどには行かれなかったが、逆にその他大勢のファンと一緒になりたくない思いで、ひたすら自室でのみ思い続けていたのだった。

ヘッドホンで彼女の歌声を聞き、微《かす》かな息遣いや唾液のヌメリなども聞き逃さず、グラビアを見ながら毎日ザーメンを出していたのである。

その奈緒子も、若くして実業家と結婚。僅か数年の芸能生活から引退して十九年、やがて夫の不倫騒動で離婚して三年、今の彼女は三十八歳になっているはずだった。

我ながらおかしいと思うが、中学高校時代の、奈緒子への思いが大きすぎて、身近な恋愛に気持ちが向かなかったのかも知れない。

そして、この理沙が、当時の奈緒子にそっくりだったのだ。

「これ、私のママです」

「え……?」

理沙の言葉に、涼太は思わず聞き返した。

「い、今なんて……?」

「相原奈緒子は、私の実のお母さんです。大村さん、ママのファンだったんですか?」

理沙が本棚から顔を上げ、愛くるしい眼差《まなざ》しを向けて言った。

「ファ、ファンなんてものじゃないよ。奈緒子さんだけと、心の中でずっと暮らしていたようなものなんだから」

「まあ、そんなに熱烈だったんですか……」

理沙は驚いて言ったが、スクラップの一部は他のヌードモデルやモロ裏本との顔合成があるので見せられない。

「一度でいいから、ご挨拶させてくれないかな」

「ええ、いいですよ。大村さんなら」

理沙が気軽に快諾してくれ、涼太は有頂天になった。

今の奈緒子は、自宅でパッチワークなど制作し、もう、あの人は今、などという番組やマスコミの前に出ることは一切なく、母娘《おやこ》二人で静かな生活を送っているようだった
恐らく前夫から、莫大《ばくだい》な慰謝料をもらったのではないかと彼は思っていた。

それでも奈緒子は、過去を消したいわけではなく、理沙にも当時の話はするし一緒に当時の歌を聴くこともあるらしい。

「わあ、二十年以上の思いが叶《かな》うなんて……」

涼太は舞い上がり、さらに股間を熱くさせてしまった。憧れの奈緒子に会えるかも知れないという思いと、理沙への欲望は別だ。まして理沙が、あの奈緒子の股間から出て来たとなると、まるで奈緒子の一部に対するフェチックな感情すら湧いてしまったのだった。

しかし、理沙は理沙である。

彼女だって、あまりに母親に似ているから好意を持たれたと思うのもしっくりいかないだろう。

だから涼太は懸命に奈緒子への慕情を置いておくことにし、目の前の可憐な理沙に専念することにしたのだった。

高まりを押さえて話題を変え、飲み物など出して話すうち、やがて理沙が重大なことを切り出してきたのだった。

2

「私、実は処女を失いたいんです……」

理沙が水蜜桃《すいみつとう》のような頬を染め、モジモジと言った。

ショートカットに健康的な小麦色の肌、ぷっくりした唇が魅力の大人しげな美少女は、母親似の豊かな胸の膨らみの奥に、言いようのない好奇心を秘めているようだった。

「え……？」

また涼太は、間の抜けた声で聞き返した。

「女子高だったから誰とも出会う機会がなかったし、今は何だか同い年ぐらいの大学生男子には興味が湧かないんです」

理沙が言う。恋愛への憧れより、もっとストレートなセックス体験への欲求が強いようだった。

そして、十八歳の大学一年生になっても、まだ処女でいることを恥ずかしく思っているのかも知れない。

「でも、処女を失うなんて、その前に恋愛をして、本当に好きな人を相手にした方がいいよ」

欲望満々なくせに、涼太は真っ当なことを言ってしまった。

「ええ、だから恋をしています。大村さんに」

理沙が、愛くるしい黒目がちの眼差しで、ひたむきに彼を見つめて言った。

まるで、当時の奈緒子に告白されたようで、危うく涼太は射精してしまいそうな高まりと感激に包まれた。

もちろん、いくらそっくりでも、これは理沙であるから、しっかり区別をし、間違っても奈緒子などと呼んではいけないと自戒した。

「そ、そんな……、年齢が倍近く年上だよ……」

抱きたくて堪《たま》らないのに、いざとなると気弱な本性が表に出てしまった。

そのてん、告白してしまった理沙の方が度胸を据《す》えてしまったようだ。

「お願いです。私じゃ子供過ぎてダメですか？　でも、当時のママにそっくりだって言われるから、ファンだったらダメじゃないですよね」

理沙が、肝心な部分に触れながら身を乗り出してきた。

「全然ダメじゃないよ。前から、理沙ちゃんのことをいちばん可愛《かわい》いと思っていたし……」

「じゃ、教えて下さい」

「う、うん、本当に僕でいいのなら、そして決して後悔しないのなら……」

「絶対に後悔なんかしません。もっと早く言えば良かったと後悔してるくらいですから」

理沙は、どうやら前から涼太に熱い思いを寄せ、夏休みなども何とか会えないか迷っていたらしく、それでもとうとう何も言えないまま秋になってしまったようだ。

結局夏休みの誘惑もなく、理沙は処女を保ったのである。

涼太も、どう理沙を誘おうかと思っていたのに、彼女の方から告白される展開になってしまい、彼は戸惑いながらも、後戻りできないほどピンピンに勃起してしまっていた。

彼の方こそ、こんな展開ならもっと早くに理沙を誘っておけば良かったと思った。そしてここまで来たら、もう拒む理由は何一つなかった。

「うん、分かった。僕も理沙ちゃんが好きだからね、思い通りにしたいので何もかも任せて」

涼太が決心して言うと、理沙も顔を輝かせた。

「本当ですか。嬉しいです……」

理沙が、水蜜桃のように産毛の輝く頬を紅潮させて言った。

「じゃ、急いでシャワー浴びるから待っててね」

涼太は立ち上がって言い、胸を高鳴らせてバスルームに入った。

気が急《せ》く思いで服を脱ぎ去り、全裸になってシャワーの湯を浴び、右手では忙しげに歯を磨きながら、ボディソープを付けた左手では、耳の裏側から腋《わき》、股間を念入りに洗い、勃起しているので苦労しながらチョロチョロと放尿まで済ませておいた。

そしてシャワーで全身を洗って口をすすぎ、さっぱりして身体《からだ》を拭くまでものの三分。腰にバスタオルを巻いて部屋に戻ると、理沙はさっきのまま待っていてくれた。

「じゃ私も急いで浴びてきます」

理沙は言い、すっかりその気になって立ち上がった。

「ま、待って、今のままでいいんだよ」

「だって、今日の午後は体育もあったんです」

引き留めて言うと、理沙がモジモジと答えた。

まだ一年生なので一般科目もあり、午後は女子たちでバレーボールをしていたようだ。授業が済んでから手ぐらい洗っただろうが、もちろんシャワーなどは浴びていない。

「自然のままでするのが夢だったんだ。どうか願いを叶えて」

涼太は、無臭のソープ嬢との味気ない体験を思い出しながら、手を合わせる思いで懇願した。

「だって、汗臭くて恥ずかしいです……」

「どうか、そこを何とか堪《こら》えてお願い」

涼太は言いながら理沙をベッドまで誘い、一緒に並んで座った。

そして午後の陽《ひ》の射《さ》す窓のカーテンを閉め、彼女のブラウスのボタンに手をかけた。

他にカーテンのない窓もあるので、室内は充分に明るく、観察に支障はないだろう。すると理沙も、とうとう根負けしたように意を決し、途中から自分でボタンを外しはじめてくれた。

「ああ……、ドキドキするわ……」

ブラウスを脱ぎながら理沙が言ったが、もう決意は揺るがず動作にもためらいはなかった。

当時の奈緒子はロングヘアーだったから、髪型だけははっきり違い、興奮しても混同する恐れはないだろう。

やがて理沙はスカートを下ろし、ソックスを脱いでブラも外した。

白く豊かな膨らみが弾むように露《あら》わになり、服の内に籠もっていた熱気が、甘ったるい匂いを含んで揺らめいた。

そして彼女は、最後の一枚も脱ぎ去り、全裸になってベッドに横たわった。

涼太も舞い上がりながら、腰のタオルを外して添い寝した。

（とうとう、素人童貞を捨てるときが来たのだ。しかも奈緒子そっくりで、彼女の娘であるとびきりの美少女と……）

涼太は、高まる興奮を抑え、少しでも冷静に、この貴重な体験を後悔のないよう進めていこうと思った。

あるいは理沙も、彼が少しいじって挿入の段になると予想し、それで少々汗ばんでいても承諾したのかも知れない。

（いや、そんな性急に挿入して終えてはいけない。隅々まで味と匂いを堪能《たんのう》してからだ……）

まずは、奈緒子と理沙の魅力である、豊かなオッパイからだ。

涼太は顔を寄せ、膨らみを観察した。

乳首と乳輪は実に淡く初々しい桜色で、うっすらと胸元が汗ばみ、腋からも甘ったるい匂いが生ぬるく漂っていた。

理沙は、神妙に目を閉じて身を投げ出し、緊張と期待に弾む呼吸に乳房を息づかせていた。

いよいよ涼太は彼女の乳首にチュッと吸い付き、舌で転がしながら、もう片方の膨らみにも手を這《は》わせはじめた。

「あう……」

理沙がか細く呻《うめ》き、ビクリと肌を硬直させた。

乳首を舐《な》めるたび、くすぐったそうに身をよじり、さらに濃厚な匂いを揺らめかせた。

涼太は顔中を膨らみに押し付け、処女の硬い弾力を味わい、もう片方の乳首も含んで舌を這わせていった。

「アア……」

理沙がビクッと顔を仰《の》け反《ぞ》らせて喘《あえ》ぎ、思わず両手を回して彼の顔を抱きすくめてきた。

顔中が豊かな膨らみに埋まると、彼は心地《ここち》よい窒息感の中で舌を蠢《うごめ》かせ、やがて左右の乳首を充分に味わった。

なおも唾液に濡《ぬ》れた乳首を指でいじりながら、彼は理沙の腕を差し上げ、腋の下にも鼻を埋め込んでいった。そこはスベスベで、生ぬるくジットリと湿り、ミルクのように甘ったるい汗の匂いが濃く籠もっていた。

母親似でぽっちゃり型だから、かなり汗っかきのようで新陳代謝も活発なようだった。

そういえば奈緒子のグラビアも、コンサートの時などは小鼻に汗の粒が浮かんでいたし、汗ばんだ額にも黒髪が貼り付いていたものだ。

きっと奈緒子も、このように濃厚な体臭を漂わせていたのだろう。

涼太は胸いっぱいに美少女の汗の匂いで満たし、うっとり酔いしれながら腋に舌を這わせていった。

3

「あん、ダメ、くすぐったいわ……」

理沙がクネクネと身悶《みもだ》えて言い、ようやく涼太も顔を離し、そのまま滑らかな脇腹を舐め降りていった。

腹の真ん中に移動し、愛らしい縦長の臍《へそ》を舐めながら、張りのある腹部に顔中を押し付けて思春期の弾力を味わった。当時水着グラビアで見た奈緒子そっくりの、適度な肉づきが実に心地よかった。

もちろん性急に股間へ行くことはせず、ピンと張り詰めた下腹から丸みのある腰、ムッチリした太腿《ふともも》へ降りていった。

理沙も神妙に目を閉じ、息を弾ませながらじっと身を投げ出してくれていた。

ニョッキリとした健康的な脚を舐め降り、丸い膝小僧からスベスベの脛《すね》を通過して足首に行くと、彼は足裏に回り込んで顔を押し付けた。

踵《かかと》から土踏まずを舐め、縮こまった指の間に鼻を押し付けた。

風俗では、ここまで勝手に出来なかったものだ。

美少女の指の股は、体育をして来ただけあり汗と脂にジットリ湿り、生ぬるくムレムレの匂いが濃厚に沁《し》み付いていた。

涼太は興奮と感激に息を震わせ、足の匂いを貪ってから爪先にしゃぶり付いていった。

桜貝のような爪を舐め、形良く揃った指の間に順々にヌルッと舌を割り込ませて味わうと、

「あう……、き、汚いです……」

理沙が驚いたように呻いて言い、ビクッと脚を震わせながら、思わず指先でキュッと彼の舌を挟み付けてきた。

涼太は全ての指の股を舐めてから、もう片方の足も貪り、味と匂いが薄れるほどしゃぶり尽くしてしまった。

ようやく顔を上げると彼は理沙をうつ伏せにさせ、今度は踵からアキレス腱《けん》、脹《ふく》ら脛《はぎ》から汗ばんだヒカガミ、太腿から尻の丸みをたどり、腰から背中を舐め上げていった。

肌は滑らかで、ブラの痕は淡い汗の味がした。

「く……」

背中もくすぐったいようで、舌を這わせるたび理沙は顔を伏せたまま小さく呻き、ビクリと肩をすくめていた。

肩まで行くと、涼太は髪に鼻を埋《うず》めて嗅いだ。リンスの香りと汗の匂いに混じり、まだ乳臭いような幼げな匂いも混じって鼻腔《びこう》をくすぐった。

さらに髪を掻《か》き分け、汗ばんだ耳の裏も嗅いでから舌を這わせ、やがて首筋から再び背中を舐め降りていった。

たまに脇腹に寄り道しながら再び尻に戻り、うつ伏せのまま股を開かせると、彼は真ん中に腹這い、顔を寄せていった。

とうとう美少女のナマ尻まで来たのだった。

彼は大きな水蜜桃のような尻に指を当て、グイッと谷間を広げると、可憐な薄桃色の蕾《つぼみ》が、恥じらうようにキュッと閉じられた。

何と綺麗な蕾だろう。単なる排泄器官《はいせつ》が、ここまで神聖な雰囲気である必要があるのだろうか。

涼太はしみじみ眺めてから、ギュッと鼻を埋め込むと、顔中に弾力ある双丘が密着してきた。蕾には淡い汗の匂いに混じり、秘めやかな微香が籠もって悩ましく鼻腔を刺激してきた。

彼は美少女の恥ずかしい匂いを貪ってから、舌先でチロチロとくすぐるように舐めて襞《ひだ》を濡らし、さらにヌルッと潜り込ませて滑らかな粘膜を味わった。

「あう……！」

理沙がうつ伏せのまま呻き、キュッと肛門《こうもん》で舌先を締め付けてきた。

涼太が執拗《しつよう》に内部で舌を蠢かせると、理沙は違和感に尻をくねらせ、刺激から逃れるように寝返りを打ってきた。

彼も素直に口を引き離し、片方の脚をくぐって、再び仰向《あおむ》けになった理沙の股間に顔を迫らせた。

そして白く滑らかな内腿を舐め上げ、中心部に目を凝らした。

ぷっくりした丘には楚々《そそ》とした若草が、ほんのひとつまみほど恥ずかしげに煙り、割れ目からはみ出した花びらは綺麗なピンク色をしていた。

そっと指を当てて左右に広げると、ハート型になった陰唇の中が丸見えになった。中も綺麗な柔肉で、ヌメヌメと清らかな蜜に潤い、処女の膣口《ちつこう》が花弁状に襞を入り組ませて息づいていた。

ポツンとした尿道口もはっきり確認でき、包皮の下からは真珠色の光沢を放つ小粒のクリトリスが顔を覗《のぞ》かせていた。

「そ、そんなに、見ないで……」

彼の熱い視線と息を股間に感じ、理沙が声を震わせてか細く言った。

やがて涼太は顔を埋め込み、柔らかな恥毛に鼻を擦《こす》りつけて嗅いだ。

隅々には、腋に似た甘ったるい汗の匂いが生ぬるく濃厚に籠もり、それにほのかな残尿臭と、処女特有の恥垢《ちこう》だろうか、チーズ臭も入り交じって鼻腔を刺激してきた。

「いい匂い」

「あん……！」

思わず言うと、理沙がビクッと反応して喘ぎ、内腿でムッチリときつく彼の両頬を挟み付けてきた。

彼ももがく腰を抱えて美少女の匂いを貪り、舌を這わせていった。

陰唇の内側を舐め、無垢《むく》な膣口の襞をクチュクチュ掻き回すと、淡い酸味のヌメリが感じられ、熱い潤いが舌の動きを滑らかにさせた。

そして柔肉をたどり、クリトリスまで舐め上げていくと、

「アアッ……！」

理沙が、まるで感電でもしたように激しく身を反らせて硬直し、顔を仰け反らせて熱く喘いだ。

内腿の締め付けも激しくなり、白い下腹がヒクヒクと波打った。

やはりクリトリスが最も感じるのだろうし、十八ともなれば自分でいじる快感も知っていることだろう。

涼太も、ナマの匂いのする割れ目は生まれて初めてなので、感激と興奮のなか執拗に舐め回した。

下から上へ舐め、時にチロチロと舌先を左右に動かし、あるいは上の歯で包皮を剥《む》き、完全に露出したクリトリスにチュッと吸い付いて舌先で弾《はじ》いた。

「あう……、つ、強いです……」

激しい刺激に理沙が嫌々をして言うので、彼も吸引と舌の動きを弱め、ソフトに愛撫《あいぶ》した。

そしてクリトリスを舐めながら、無垢な膣口にそっと指を当て、ヌメリを与えながら徐々に挿し入れていった。

さすがにきついが、指は難なくヌルヌルッと奥まで潜り込み、熱く濡れた内壁がキュッと締め付けてきた。

彼は挿入に備え、内部を揉《も》みほぐすように指を動かし、小刻みに出し入れさせてみた。

「アア……」

理沙も、違和感に慣れていくように声を洩《も》らし、クネクネと身悶え続けた。

とにかく愛液も充分すぎるほど溢《あふ》れているので、これなら挿入も問題なさそうだった。

「も、もうダメ……、お願い……」

理沙も絶頂を迫らせ、挿入をせがんできた。それに、早く割れ目を舐められる羞恥からも解放されたいのだろう。

それに涼太も、もう待ちきれなくなっていたので、ようやく舌を引っ込めて身を起こした。そして股間を進め、急角度になっている幹に指を添え、下向きにさせて先端を割れ目に押し付けた。

理沙も、いよいよだと思って息を詰め、身を強《こわ》ばらせて処女喪失の瞬間に備えたようだ。

ヌメリを与えるように擦りつけながら位置を定めると、涼太は理沙の顔を見下ろし、やがてゆっくりと挿入していった。

張りつめた亀頭が潜り込むと、処女膜が丸く押し広がる感触が伝わり、あとはヌメリに任せヌルヌルッと滑らかに押し込んでしまった。

「あう……！」

理沙が奥歯を嚙《か》み締め、眉をひそめて呻いた。

しかしペニスは根元まで埋まり込み、彼は肉襞の摩擦と温《ぬく》もりを味わいながら股間を密着させ、身を重ねていった。

「大丈夫？　痛くない」

「ええ……、平気です……」

囁くと、理沙が薄目で彼を見上げ、健気《けなげ》に小さく答えた。

（とうとう、処女としてしまった。しかも、相原奈緒子の娘と……）

涼太は思い、その感激だけで今にも果てそうだったが、少しでも長く味わいたくて、まだ動かずに味わっていた。

理沙の肩に腕を回して肌を密着させると、胸の下で可愛いオッパイが押し潰れて弾み、ほんのり汗ばんだ肌が吸い付いてきた。恥毛が擦れ合い、コリコリする恥骨の膨らみも伝わった。

様子を見ながら少しずつ腰を突き動かしはじめると、理沙も下から両手を回して激しくしがみついてきた。

4

「アア……、奥が、熱いわ……」

理沙がキュッキュッときつく締め付けて喘ぎ、初めての感覚を必死に探っているようだった。

涼太も感触を味わいながら、いつしかリズミカルに腰を動かすうち、次第にヌメリによって律動が滑らかになってきた。いったん動いてしまうと、あまりの快感にもう腰が止まらなくなってしまった。

そして上からピッタリと唇を重ねると、美少女の唇からグミ感覚の弾力と、唾液の湿り気が伝わってきた。

舌を挿し入れ、滑らかな歯並びを左右にたどると、彼女も口を開いてきた。奥へ侵入してネットリと舌をからめると、生温かな唾液に濡れた理沙の舌も、チロチロと滑らかに蠢いた。

何と清らかな味と感触であろうか。涼太は美少女の舌の蠢きと、生温かな唾液を味わいながら動きを強めていった。

「ああッ……！」

理沙が口を離し、唾液の糸を引きながら顔を仰け反らせた。

鼻から洩れる息はほとんど無臭だったが、口から吐き出される息は熱く湿り気を含み、甘酸っぱい芳香が鼻腔をくすぐってきた。

まるでイチゴかリンゴでも食べた直後のような、可愛らしい果実臭が堪らず、彼は理沙の喘ぐ口に鼻を押し付けて胸いっぱいに嗅いだ。

すると、美少女の吐息の刺激と肉襞の摩擦で、もう我慢できず昇り詰めてしまった。

どうせ彼女も初回からオルガスムスを感じるはずもなく、長引かせる必要もないから構わないだろう。涼太は心置きなく絶頂の快感を味わい、熱い大量のザーメンをドクンドクンと勢いよく柔肉の奥にほとばしらせた。

「あ、熱いわ……」

すると、破瓜《はか》の痛みの中でも噴出を感じたように理沙が言い、さらにキュッと締め付けてきた。

涼太は駄目押しの快感の中で、最後の一滴まで出し尽くしてしまった。

絶頂の最中だけは、彼女が初めてという気遣いも吹き飛び、股間をぶつけるように乱暴に動いてしまったが、やがてすっかり満足し、ようやく動きを弱めて力を抜いていった。

もう理沙も痛みが麻痺《まひ》したように、グッタリと肌の強ばりを解いて四肢を投げ出していた。

まだ膣内は息づくような収縮が繰り返され、キュッと刺激されるたび、射精直後のペニスがピクンと過敏に中で跳ね上がった。

そして涼太は身を重ね、美少女の甘酸っぱい息を間近に嗅ぎながら、うっとりと快感の余韻に浸り込んでいったのだった。

やがて呼吸を整えると、身を起こしてそろそろと股間を引き離した。

「く……」

ヌルッと抜けるとき、また理沙が小さく声を洩らした。

涼太はティッシュを取り、手早くペニスを拭ってから彼女の股間に顔を寄せ、処女を失ったばかりの割れ目を観察した。

陰唇が痛々しくめくれ、膣口から逆流するザーメンに、うっすらと血の糸が走っていた。

それでも出血は実に少量で、もう止まっているようだ。

彼はそっとティッシュを当て、優しく拭いた。

「大丈夫かい？」

「ええ……、もうシャワーを浴びてもいい……？」

理沙が言うので、彼も支えて起こしながら、一緒にバスルームに移動した。

シャワーのぬるい湯で互いの全身を洗い流すと、ようやく理沙もほっとしたようだった。

もちろん涼太も、一度ぐらいの射精で治まるわけもなく、湯に濡れた理沙の肌を見ているうち、すぐにもムクムクと回復してきてしまった。

やがて彼は床に座り、目の前に理沙を立たせた。そして、彼女の片方の足を浮かせ、バスタブのふちに乗せさせた。

「どうするの……？」

「オシッコしてみて」

「ええっ？　そんなこと無理です。どうして……」

ドキドキしながら言うと、理沙は驚いたように答えビクッと尻込みした。

「天使のような理沙ちゃんが、出すところを見てみたいから」

「だって……、恥ずかしい……」

「ほんの少しでもいいから」

涼太は、そんなやり取りのうちにもピンピンに勃起し、完全に元の硬さと大きさを取り戻してしまった。

そして開いた股間に顔を埋めて吸い付いた。湯に濡れた恥毛の隅々からは、濃厚だった匂いも薄れてしまったが、それでも割れ目内部を舐めると、すぐにも新たな愛液が溢れてきた。

「アア……、吸ったら本当に出ちゃいそう……」

理沙が声を震わせて言うので、本当に尿意が高まってきたようだ。

なおも舌を這わせていると、中の柔肉が迫《せ》り出すように盛り上がり、急に温もりと味わいが変化してきた。

「で、出ちゃう、離れて……」

理沙が声を上ずらせ、身体を支えるため彼の頭に両手を乗せてきた。

間もなくチョロチョロと温かな流れがほとばしり、彼の口に注がれてきた。

味と匂いは実に淡いもので、飲み込んでも何の抵抗もなく、喉を通過するのが嬉しかった。まるでぬるく薄めた桜湯のようだった。

「ああ……、ダメ……」

彼女がガクガクと膝を震わせて言いながらも、いったん放たれた流れは止めようもなく、さらに勢いを増してきた。

溢れた分が温かく胸から腹に伝い流れ、回復したペニスを心地よく浸した。

しかしピークを過ぎると急に勢いが衰え、やがて放尿は終わってしまった。

涼太は、ポタポタ滴《したた》る余りの雫《しずく》をすすり、割れ目内部を舐め回した。

すると、新たに溢れてきた愛液が、残尿を洗い流すように淡い酸味を満たし、ヌラヌラと舌の動きを滑らかにさせた。

「も、もうやめて……」

刺激が強すぎたようで、理沙は言って足を下ろすなり、クタクタと座り込んでしまった。涼太は抱き留め、もう一度シャワーの湯で互いを洗い流すと、支えながら立ち上がって身体を拭いた。

再び、全裸のままベッドに戻って添い寝した。

「ここ舐めて……」

腕枕してやりながら言い、乳首を理沙の唇に押し付けると、彼女も熱い息で肌をくすぐりながらチロチロと舐め回してくれた。

「噛んで……」

さらにせがむと、理沙は乳首を吸い、前歯で軽くキュッと挟んだ。

「あう、もっと強く」

言うと理沙は、やや力を込めて噛み、左右の乳首を舌と歯で愛撫してくれた。

涼太は、美少女に食べられていくような快感と興奮に包まれながら、やがて彼女の顔を股間へと押しやった。

理沙も素直に移動し、大股開きになった真ん中に腹這い、彼の股間に顔を寄せてきたのだった。

「こんな大きなのが入ったの……?」

ピンピンに勃起して震える幹を見て言い、理沙は恐る恐る触れてきた。

張りつめた亀頭や幹を撫《な》で、熱い好奇の視線を注ぎながら、陰嚢《いんのう》にも指を這わせてきた。

「これ、お手玉みたい……」

理沙は言って陰嚢を手のひらに包み込み、指先で二つの睾丸《こうがん》を転がした。さらに袋をつまみ上げ、肛門の方まで覗き込んだ。

「ね、嫌でなかったら、少しだけ舐めて……」

涼太は言うと、自ら両脚を浮かせて抱え込んだ。

すると理沙も厭《いと》わず、自分がされたようにチロチロと彼の肛門を舐め、熱い鼻息で陰嚢をくすぐりながら、ヌルッと潜り込ませてくれたのだ。

「あう……」

涼太は、妖しい快感に呻き、清らかな美少女の舌先を肛門でモグモグと味わうように締め付け、彼女も内部で舌を蠢かせてくれた。

屹立《きつりつ》したペニスが、まるで内側から刺激されるようにヒクヒクと上下した。

「も、もういい、有難う……」

涼太は、申し訳ない快感を覚えながら言って、遠慮がちに脚を下ろした。

すると理沙は、そのまま陰嚢を舐め回し、袋全体を生温かな唾液にまみれさせると、さらに肉棒の裏側をゆっくり舐め上げてきたのだ。

まるで無邪気に、ソフトクリームでも舐めているようだ。

滑らかな舌が裏筋を這い上がり、とうとう先端まで来ると、理沙はそっと幹に指を添え、尿道口から滲《にじ》む粘液をチロチロと舐め回してくれた。

別に不味《まず》くなかったか、さらに彼女は張りつめた亀頭にも舌を這わせてしゃぶり付いた。

そして丸く開いた口で、スッポリと喉の奥まで呑《の》み込んできたのだった。

5

「ああ……、気持ちいい……」

涼太は、根元まで含まれて快感に喘ぎ、生温かく濡れた美少女の口の中でヒクヒクと幹を震わせた。

「ンン……」

理沙も熱く鼻を鳴らし、息で恥毛をそよがせながら幹を丸く締め付けて吸い、内部でクチュクチュと舌をからめてくれた。

たちまちペニス全体は、美少女の温かく清らかな唾液にどっぷりと浸り込んで震えた。

快感に任せ、涼太が小刻みにズンズンと股間を突き上げると、理沙も合わせて顔を上下させ、濡れた口でスポスポと強烈な摩擦を開始してくれた。

「ああ……、い、いきそう……」

絶頂を迫らせた彼が口走ると、理沙もチュパッと口を引き離した。

「お口に出してもいい？　それとも、もう一回入れてもいい？」

涼太が言うと、理沙は少し小首を傾《かし》げてから答えた。

「続けて入れると痛いから、それはこの次に。今はお口で」

彼女が言い、再びパクッと亀頭を咥《くわ》えてくれた。

それならそれで、もう涼太も我慢せず、清らかな唾液に濡れた口の摩擦で遠慮なく高まった。

理沙も、吸引と舌の蠢きを再開させてくれた。

「い、いく……、お願い、飲んで……！」

あっという間に絶頂の快感に貫かれ、彼は口走りながらありったけのザーメンをドクドクとほとばしらせ、美少女の喉の奥を直撃した。

「ク……」

理沙も噴出を受けて呻きながら、なおも愛撫を続行してくれたのだった。

「アア……、気持ちいい……」

涼太は心ゆくまで快感を味わいながら喘ぎ、最後の一滴まで、神聖な口の中に出し尽くしてしまった。やがて気が済んで、グッタリと身を投げ出したが、いつまでも激しい動悸《どうき》が治まらなかった。

理沙も、もう出ないと知ると吸引と舌の蠢きを止め、亀頭を含んだまま口に溜《た》まった大量のザーメンを、コクンと飲み込んでくれた。

「あう……」

嚥下《えんげ》とともに口腔がキュッと締まり、彼は駄目押しの快感に呻いた。

とうとう上から下から可憐な理沙に射精し、生きたままの精子が胃の中で溶けて吸収され、美少女の栄養にされたのだった。

ようやく理沙もスポンと口を引き離し、なおも余りをしごくように幹を握り、尿道口に脹《ふく》らむ白濁の雫まで、ペロペロと丁寧に舐め取ってくれた。

「も、もういい、どうも有難う……」

涼太は過敏に幹を震わせ、降参するように腰をよじって言った。

そして理沙が舌を引っ込めると、手を引いて添い寝させ、彼は甘えるように腕枕してもらった。

「不味くなかった？」

「ええ、平気です」

訊《き》くと、理沙が答え、優しく涼太の顔を胸に抱いてくれた。

彼は美少女の熱く湿り気ある、甘酸っぱい息を嗅ぎながら、うっとりと快感の余韻を味わったのだった……。


――数日後、涼太は休日に理沙に呼ばれ、落合家を訪ねた。

家は大学から一駅先にあり、割りに大きな一軒家だった。あとで聞くと、夫が出てゆき、奈緒子は理沙とずっとここで暮らしているらしい。

あれから涼太は、初めて接した素人女性の余韻で、その行為や匂いを思い出してはオナニーに耽《ふけ》っていた。

何しろ、生まれて初めて処女を抱いたのだ。しかも彼女は夢中だった奈緒子の娘であり、オナニー妄想も、理沙なのか若い頃の奈緒子なのか判然としないほどであった。

そして今日、涼太は憧れの奈緒子に会える喜びで胸がいっぱいだった。

もちろん出がけに身を清め、こざっぱりした格好で出向いてきた。

チャイムを鳴らし、胸を高鳴らせて待っていると、果たして三十八歳になった相原奈緒子が出てきた。

「あ、こんにちは、大村涼太と言います」

「ええ、理沙から伺ってます。どうぞ」

奈緒子はにこやかに答え、彼を迎え入れてくれた。

当時と変わらぬ整った顔立ちに、セミロングの黒髪と魅惑的な巨乳。多少全体は肉づきが増しているが、清らかな気品は変わっていなかった。

（とうとう会えたんだ。実物の奈緒子に……！）

涼太は舞い上がりながら家に入り、リビングのソファをすすめられた。

「実は、申し訳ないのですけれど、理沙は急用で出てしまったんです」

奈緒子が紅茶を淹《い》れながら、済まなそうに言った。

「え、そうなのですか……」

涼太が驚いて言うと、そのときメールの着信があったので、携帯を出して見てみた。理沙からで、女子高時代の友人がバイク事故で入院したので、急いで駆けつけたところだという。

命に別状はないが、仲良しなので付きそっているということだったので、涼太も構わないと急いで返信しておいた。

「じゃ、これ、頼まれていた本ですので、帰ったらお渡し下さい」

涼太は言い、文芸評論の下巻をテーブルに置いた。

「分かりました。お預かりしますね」

奈緒子も答え、紅茶を置いて向かいに座った。

「理沙から聞きましたけど、私の写真集も全部持っているんですって？」

「え、ええ。写真集だけじゃなく、ＣＤもＤＶＤも雑誌の切り抜きも、全て集めました」

涼太は緊張しながら答え、正面の奈緒子があまりに眩《まぶ》しくて伏し目がちになってしまった。

「嬉しいです。あの頃は、本当に自分の青春時代だったと思います。出たドラマをいま見ても、本当にあったことのように思ってしまうほどで」

「そうですか……」

涼太は、彼女がアイドル時代を後悔していないようなので嬉しかった。彼もまた、奈緒子に夢中だった頃が、自分の最も輝いていた青春時代だと思っていた。

「理沙が好きだと懐いている人が、ずいぶん年上だというので、どんな方だろうかと心配でした。でもこうしてお会いすると、真面目《まじめ》そうで安心しました」

奈緒子が言い、涼太はドキリとしたが、理沙はただ彼の噂《うわさ》をしただけで、処女を捧《ささ》げたなどということまでは言っていないだろう。

「いえ……」

「どうか、緊張なさらないで。今は普通の家庭人ですから」

あまりに彼が俯《うつむ》いてモジモジしているので、奈緒子が笑って言った。

「いえ、今でも僕が好きなのは奈緒子さんだけなので……」

「そう、有難うございます。今はもうお断りしているのですけど、大村さんならサインでも何でもしますからね」

「い、いいえ、そういう普通のことは結構です。こうしてお目にかかれているのですから……」

涼太は言い、それでも内心は写真集全部にサインがほしいし、今もツーショット写真を求めたいのだが何も言えなかった。

「あの、当時の衣装とかはまだあるんですか？」

涼太は気を取り直し、紅茶を一口飲んで訊いてみた。

「ありますよ。ごらんになりますか。こっちです」

奈緒子が気軽に立って言い、彼を案内した。

奥の部屋に行くと、そこは寝室のようで、おそらく夫婦で住んでいた頃からのダブルベッドに、化粧台があり、サイドボードには歌謡賞のトロフィーや当時の写真なども飾られていた。

しかし涼太は、それらよりも奈緒子の寝室に籠もる、生ぬるく甘ったるい匂いにぼうっとなってしまった。

彼女はクローゼットを開け、奥を見せてくれた。そこにはビニールカバーが付けられている当時の衣装が、何着か並んで保管されていた。

清楚なワンピースにメイドのようなコスチュームなどがあり、涼太は、この衣装は何の曲の時のものか全て分かり、感激に胸を弾ませた。

「もう着られないけれど、捨てられずに取ってあるんです」

奈緒子が言ってハンガーごと取り出し、胸に当てて見せてくれた。

「ああ、奈緒子さん……」

当時が甦《よみがえ》り、熟れた美女とアイドル時代が重なって、彼は混乱の中で目眩《めまい》を起こしてしまった。

「まあ、大丈夫？　しっかりして」

フラついた彼に驚いて言い、奈緒子は衣装を落としながら駆け寄り、慌てて支えてくれた。

すると勢いがつき、涼太はそのままベッドに倒れ込み、上から奈緒子がのしかかってしまったのだった。

第二章　憧れの熟れ肌に包まれ

1

「そんな、失神しそうになるほど喜んでくれているの……？」

奈緒子が囁《ささや》き、涼太は夢見心地《ゆめみごこち》で顔を寄せてくる彼女を見上げた。

枕には、彼女の甘ったるい匂いが沁《し》み付き、囁きかける奈緒子からも甘い匂いが漂っていた。

涼太が感激に涙ぐむと、

「ああ、可愛《かわい》い……」

腕枕しながら彼女が言い、ギュッと胸に抱きすくめてくれた。

涼太はブラウス越しの巨乳に顔を埋め込み、温《ぬく》もりに包まれ、柔らかな感触に陶然となった。

（本物の、相原奈緒子の胸に抱かれている……）

涼太は思い、感激と安らぎの中でも激しい興奮を覚え、ムクムクと勃起していった。

奈緒子も彼の髪を撫《な》で回し、自分を慕う熱烈なファンに淫気を覚えたように、グイグイと身体《からだ》を密着させてきた。もう長いこと男日照りだろうし、相当に欲求が溜《た》まっているのだろう。

そして彼女は、確認するように涼太の股間に膝でそっと触れ、激しい勃起に気づいたようだ。

「ね、脱ぎましょう……」

奈緒子が言って、いったん身を離して起き上がった。そして自分からブラウスのボタンを外しはじめたのだ。

互いの淫気が通じ合い、もう会話など必要ないように、涼太も身を起こして手早く脱いでいった。たちまち彼は全裸になり、あらためて奈緒子の匂いの沁み付いたベッドに身を横たえた。

奈緒子も、さすがに久々らしく緊張と興奮に指先を震わせて脱ぎ、みるみる白く滑らかな熟れ肌を露《あら》わにしていった。

背を向けているので、最後の一枚を脱ぐときは彼の方に白く豊満な尻が突き出された。

（うわ、奈緒子さんのお尻……！）

涼太は感激の中で熱く見つめ、このまま死んでも良いと思えるほどの悦《よろこ》びに包み込まれた。

やがて一糸まとわぬ姿になった奈緒子が、再び添い寝してきたので、彼もまた甘えるように腕枕してもらった。

「ああ、奈緒子さんの胸……」

涼太は目の前いっぱいに広がる白い巨乳に目を凝らし、声を震わせた。

かつて何度も水着の映像やグラビアは見たが、もちろん乳首まで見るのは初めてのことである。

乳首と乳輪は、意外にも淡く初々しい桜色で、周囲の白い肌に微妙に溶け込んでいた。そして甘ったるい匂いが生ぬるく、胸元と腋《わき》から漂って彼の鼻腔《びこう》をくすぐってきた。

「いいわ。どうか好きなようにして……」

奈緒子が、微《かす》かに息を震わせて囁いた。まだシャワーも浴びていないが、あるいはすぐにも挿入してくると思ったのかも知れない。

涼太は、吸い寄せられるように巨乳に顔を埋め込み、チュッと乳首に吸い付いていった。

顔中を柔らかな膨らみに押し付けて感触と温もりを味わい、コリコリと勃起してきた乳首を舌で転がすと、

「アアッ……!」

奈緒子がすぐにも熱く喘ぎはじめ、クネクネと熟れ肌を悶《もだ》えさせはじめた。

そして彼女が両手で涼太の顔を抱きかかえながら、仰《あお》向《む》けの受け身体勢になったので、彼ものしかかり、左右の乳首を交互に含んで舐《な》め回した。

「ああ……、いい気持ち……」

奈緒子がうっとりと喘《あえ》ぎ、さらに濃くなった匂いを揺らめかせた。

涼太は両の乳首を充分に味わってから、彼女の腕を差し上げて腋の下にも顔を埋め込んでいった。

そこは生ぬるい汗にジットリ湿り、濃厚に甘ったるい匂いが籠もっていた。

それでもスポーツジムぐらい通うらしく、手入れは怠らずスベスベだった。

涼太は鼻を擦《こす》りつけ、憧れの奈緒子の体臭でうっとりと胸を満たし、舌を這《は》わせて脇腹を這い下りていった。

肌はどこもツルツルで滑らかに舌が移動し、やがて腹の真ん中に行くと、さすがに理沙より肉づきの良い張りが感じられた。

四方から均等に張り詰めているから、臍《へそ》も餡《あん》パンのように形良く、舌を挿し入れて蠢《うごめ》かせながら顔中を押し付けると、心地よい弾力が返ってきた。

豊満な腰から量感ある太腿《ふともも》へ舌でたどり、彼は脚を舐め降りていった。

奈緒子も、仰向けのままうっとりと身を投げ出していた。

脛《すね》も滑らかで、足首まで行くと理沙にもしたように足裏へ行き、顔を押し付けて舌を這わせた。

「あう、くすぐったいわ……」

奈緒子がビクリと足を震わせて呻《うめ》き、彼は踵《かかと》から土踏まずを舐め、指の間に鼻を割り込ませていった。

やはりそこは汗と脂で生ぬるく湿り、蒸れた匂いが悩ましく沁み付いていた。

涼太は胸いっぱいに嗅ぎ、爪先にしゃぶり付いて指の股に舌を潜らせた。

「アアッ……、ダメよ、汚いのに……」

奈緒子が喘《あえ》ぎ、クネクネと熟れ肌を悶えさせた。

全ての指の股を味わうと、彼はもう片方の足も貪り、味と匂いを心ゆくまで堪《たん》能《のう》した。

そして股を開かせ、脚の内側を舐め上げ、股間に顔を進めていった。

白くムッチリした内腿はきめ細かく、実に滑らかだった。

熱気と湿り気の籠もる中心部に目を遣《や》ると、ふっくらした丘に黒々と艶のある恥毛が程よい範囲に茂り、割れ目からはみ出す陰唇が興奮に色づき、ヌメヌメと潤っていた。

とうとう、憧れの奈緒子の神秘の部分に辿《たど》り着いたのだ。

今までいったい何度、ここを想像して抜いてきたことだろう。

神聖な眺めに、涼太は心の中で柏手《かしわで》を打ってから、そっと触れて陰唇を左右に広げた。

微かにクチュッと湿った音がして陰唇が全開になり、愛液に潤う綺麗《きれい》なピンクの柔肉が丸見えになった。十八年前に、理沙が産まれ出てきた膣口《ちつこう》が、襞《ひだ》を入り組ませて妖しく息づいていた。

膣口には白っぽい本気汁が粘つくようにまつわりつき、ポツンとした尿道口もはっきり確認できた。

そして包皮の下からは、小指の先ほどもあるクリトリスが、愛撫《あいぶ》を待つように光沢を放ち、ツンと突き立っていた。

真珠色のクリトリスは、よく見ると男の亀頭をミニチュアにしたような形をしていた。

(これが、奈緒子さんの割れ目……)

涼太は感激と感動に包まれながら目を凝らし、やがて吸い寄せられるように顔を埋め込んでいった。

「あう、ダメよ、シャワーも浴びていないのに……」

奈緒子が呻き、白い下腹をヒクヒク波打たせながら、言葉とは裏腹に、内腿でムッチリと彼の両頬を挟み付けてきた。

涼太は柔らかな茂みに鼻を擦りつけ、隅々に籠もる汗とオシッコの匂いで鼻腔を満たしながら、舌を挿し入れていった。

生ぬるいヌメリは、やはり淡い酸味を含んで舌の動きを滑らかにさせ、彼は味と匂いを貪りながら膣口からクリトリスまで舐め上げた。

「アアッ……！」

奈緒子がビクッと顔を仰《の》け反《ぞ》らせて喘ぎ、内腿に力を込めた。

涼太は豊満な腰を抱え込んで押さえ、チロチロと舌先で弾《はじ》くようにクリトリスを舐め上げては、新たに溢《あふ》れる愛液をすすった。

やはり心地よいらしく、股間から目を上げると息づく巨乳の間から仰け反って色っぽく喘ぐ表情が見えた。

さらに彼は奈緒子の両脚を浮かせ、逆ハート型の白く豊かな尻の谷間に顔を迫らせた。

まるで巨大な肉マンでも二つにするように、両の親指で双丘を広げると、綺麗に襞の揃《そろ》ったピンクの蕾《つぼみ》が可憐《かれん》に引き締まった。

鼻を埋《うず》めると、淡い汗の匂いに混じった生々しい微香が籠もり、悩ましく鼻腔を刺激してきた。涼太はうっとりと嗅いでから舌を這わせ、濡《ぬ》らした襞の間にヌルッと潜り込ませていった。

「く……、ダメ……」

奈緒子は朦朧《もうろう》としながら呻き、キュッキュッと肛門《こうもん》で舌先を締め付けてきた。

涼太は執拗《しつよう》に舌を蠢かせ、内部の滑らかな粘膜を搔《か》き回した。

味や匂いや感触より、憧れの奈緒子の肛門に舌を挿し入れているという状況が夢のように幸福だった。

すると鼻先にある割れ目から、さらに大量の愛液がヌラヌラと溢れてきた。

ようやく涼太は舌を引き離して脚を下ろし、再び濡れた割れ目に戻ってヌメリをすすり、クリトリスに吸い付いていった。

2

「アアッ……、き、気持ちいい……！」

奈緒子が激しく喘ぎ、涼太は自分の未熟な愛撫で、大人の女性が感じてくれることが実に嬉《うれ》しかった。

彼は執拗にクリトリスを舐めては、泉のように湧き出す愛液を味わった。

やはり理沙より格段にジューシーで、理沙も母親に似て濡れやすい体質だったようだ。

そして涼太はクリトリスを吸いながら、右手の指を膣口に押し込み、内壁を小刻みに擦った。

さらに左手の人差し指も、唾液に濡れた肛門にそっと挿し入れ、前後の穴の中で指を蠢かせながら、なおも舌を這わせた。

「ああ……、すごい……」

奈緒子が声を上ずらせ、それぞれの穴を指が痺《しび》れるほど締め付けてきた。

肛門に入った指は出し入れさせるように、浅い部分で小刻みに動かし、膣内の指は側面の襞を擦ったり、あるいは天井のGスポットを圧迫したりしながら、上の歯で包皮を剝《む》いて強くクリトリスを吸った。

「ダメ、いっちゃう……、アアーッ……！」

たちまち奈緒子はガクガクと腰を跳ね上げて声を洩《も》らし、粗相したように大量の愛液を漏らして硬直した。前後の穴の収縮も活発になり、どうやら舌と指による三点責めでオルガスムスに達してしまったようだ。

やがて彼女は力尽きてグッタリと四肢を投げ出し、あとは荒い呼吸を弾ませるだけとなった。

ようやく涼太も舌を引っ込め、それぞれの穴からヌルッと指を引き抜いた。

膣内で攪拌《かくはん》された愛液は白っぽく濁り、指の腹は湯上がりのようにふやけてシワになっていた。

肛門に入っていた指に汚れの付着はなく、爪にも曇りはなかったが微香が感じられた。

彼は股間を這い出し、息も絶えだえになっている奈緒子に添い寝していった。

「ああ……、意地悪ね、変になりそう……」

奈緒子が息を震わせ、また思い出したようにビクッと熟れ肌を波打たせて言った。

そして徐々に自分を取り戻しながら、横から肌をくっつけて彼のペニスに手を這わせてきたのだ。

「すごく硬いわ……」

やんわりと握りながら囁くと、彼女はゆっくりと身を起こし顔を移動させていった。涼太が大股開きになると、奈緒子もその真ん中に腹這い、ためらいなく顔を寄せてきた。

セミロングの髪がサラリと股間を覆い、その内部に熱い息が籠もり、とうとう憧れの奈緒子の舌が裏側を舐め上げてきたのである。

「アア……」

今度は涼太が喘ぐ番だった。

奈緒子は先端まで舌でたどると、粘液の滲《にじ》む尿道口をチロチロと舐め回し、張りつめた亀頭を咥《くわ》えて、そのままスッポリと喉の奥まで呑《の》み込んでいった。

「く……」

可憐な歌声で何万人ものファンを魅了した唇が、自分のペニスをしゃぶっているのだ。涼太はあまりの感激と興奮に、今にも果てそうな高まりを覚え、呻きながら必死に堪《こら》えた。

奈緒子は熱い鼻息で恥毛をくすぐり、幹を丸く締め、吸い付きながら、口の中ではネットリと舌をからめてきた。

たちまち彼自身は奈緒子の生温かな唾液にまみれ、暴発を堪えながらヒクヒクと震えた。

さらに彼女は顔を上下させ、濡れた唇でスポスポと強烈な摩擦を開始してくれたのである。彼は、このまま奈緒子の清らかな口に射精したい衝動に駆られたがやはり最初は一つになりたかった。

「い、いきそう、どうか……」

腰をよじって言うと、奈緒子もスポンと口を引き離してくれた。

「う、上から跨《また》いで入れて下さい……」

涼太が言うと、奈緒子もすぐに前進してペニスに跨がってきた。幹に指を添え、自らの唾液にまみれた先端に割れ目を押し当て、息を詰めてゆっくりと腰を沈み込ませていった。

張りつめた亀頭が潜り込むと、あとは重みとヌメリで滑らかにヌルヌルッと根元まで呑み込まれた。

涼太は、肉襞の摩擦と温もり、心地よい締め付けを感じながら、なおも懸命に肛門を引き締めて射精を我慢した。やはり、少しでも長くこの感激と快感を味わっていたいのである。

「アアッ……、奥まで届くわ……」

奈緒子が顔を仰け反らせ、完全にぺたりと座り込んで喘いだ。

そして目を閉じ、何度かグリグリと密着した股間を動かし、やがて上体を起こしていられなくなったように身を重ねてきた。

(とうとう、奈緒子さんと一つに……)

涼太が感激しながら両手を回して抱き留めると、柔らかな巨乳が胸で押し潰れて弾み、ほんのり汗ばんだ肌が吸い付いた。恥毛が擦れ合い、さらに彼女が腰を動かすと、コリコリする恥骨の膨らみも下腹部に伝わってきた。

涼太は憧れの奈緒子の重みと温もりを受け止めながら、果ててしまうので自分からはまだ動かず、下から唇を求めていった。

すると奈緒子も、上からピッタリと唇を重ねてきてくれたのだ。

柔らかな唇が密着し、唾液の湿り気が伝わってきた。

舌を挿し入れて滑らかな歯並びを舐め、ピンクの歯茎まで探ると、彼女も歯を開いて舌を触れ合わせてくれた。

チロチロとからみ合わせると、何とも滑らかな舌触りと、生温かな唾液のヌメリが感じられた。

「ンン……」

奈緒子も次第にリズミカルに腰を動かし、しゃくり上げるように股間を擦りつけながら呻き、チュッと彼の舌を吸った。

もう我慢できず、涼太もズンズンと股間を突き上げはじめた。

「アア……、いい気持ち……」

奈緒子が口を離し、淫らに唾液の糸を引きながら喘いだ。

口から吐き出される息は火のように熱く、湿り気を含んで、白粉《おしろい》のように甘い刺激を含んで彼の鼻腔を刺激してきた。

あの清らかな歌声は、こんな良い匂いをさせていたのだ。

涼太は彼女の顔を引き寄せ、喘ぐ口に鼻を押し付け、吐息と唾液の匂いに包まれながら突き上げを速めていった。

互いの動きが一致すると、大量に溢れる愛液が律動を滑らかにさせて、クチュクチュと淫らに湿った摩擦音を響かせ、彼の陰嚢《いんのう》から肛門の方にまで生温かな雫《しずく》が伝い流れてきた。

もう限界である。

涼太は奈緒子に組み敷かれ、かぐわしい吐息と心地よい摩擦の中で昇り詰めてしまった。

「く……！」

突き上がる大きな絶頂の快感に短く呻き、彼はドクンドクンと熱い大量のザーメンを勢いよく内部にほとばしらせ、奥深い部分を直撃した。

「い、いく……、ああーッ……！」

すると、噴出を受け止めた途端、奈緒子もオルガスムスのスイッチが入ったように熱く喘ぎ、ガクガクと狂おしい痙攣《けいれん》と収縮を繰り返した。やはり、さっき舌と指で果てるのと、ペニスが入って昇り詰める快感は別物のようだった。

涼太は必死にしがみつきながら股間を突き上げ、溶けてしまいそうな快感の中で心置きなく最後の一滴まで出し尽くしていった。

そして、すっかり満足しながら徐々に突き上げを弱めていったが、憧れの奈緒子とセックスした感激に満たされ、いつまでも荒い呼吸と激しい動悸《どうき》が治まらなかった。

「アア……」

奈緒子も満足げに声を洩らし、徐々に熟れ肌の強《こわ》ばりを解きながら力を抜き、グッタリと彼にもたれかかってきた。

まだ膣内の収縮が名残《なごり》惜しげに繰り返され、刺激されるたび射精直後のペニスが過敏にピクンと中で跳ね上がった。

「あう、もう暴れないで……」

奈緒子も敏感になっているように呻き、幹の震えを押さえつけるようにキュッときつく締め上げてきた。

涼太は美熟女の重みと温もりを受け止め、湿り気あるかぐわしい息を間近に嗅ぎながら、うっとりと快感の余韻に浸り込んでいった。

「すごかったわ。こんなに良かったの、初めてかも……」

奈緒子が吐息混じりに囁き、もう一度上からキスしてくれた。

涼太は、理沙に続き、その母親とも交わってしまった幸福感に包まれ、ようやく呼吸を整えて身を投げ出していったのだった。

3

「ね、CDをかけて下さい」

身を離し、全裸のまま休憩を終えた涼太が言うと、奈緒子もベッドを降りて自分のアルバムをデッキにセットしてくれた。

デビュー曲の『小さな森の一軒家』というメルヘンチックな曲で、もう二十年以上前の奈緒子の声が流れてきた。

「ね、無理でなければ、当時の衣装もどうか」

肌を重ねて果てさせた自信か、次第に涼太は積極的に要求してしまった。

「きついから、ボタンまでは無理ね……」

奈緒子は言いながらも、クローゼットから衣装を出し、割りにたっぷりした青いドレス型ワンピースを全裸の上から着てくれた。

「わあ……、当時のままだ……」

涼太は感激に目を見張り、すぐにもムクムクと回復してきてしまった。

奈緒子も、背中のファスナーは諦め、巨乳で胸をはち切れさせんばかりに揺らしながら近づいてきた。

彼はまた腕枕してもらい、自分だけ全裸なので羞恥快感も激しく増して、すっかり元の硬さと大きさを取り戻した。

「どうか、少しでいいので歌って下さい……」

涼太が彼女の顔を見上げながら言うと、奈緒子も流れている曲に合わせ、顔を寄せたまま口ずさんでくれた。

この可憐な歌とともに、口から出てくるかぐわしい息を嗅ぎ、微かな唾液の飛沫《しぶき》を顔に受ける幸運な男は、この世で自分だけだろうと思った。

やがて一番が終わり、間奏に入った。

「ね、唾を垂らして下さい。いっぱい飲みたい……」

言うと、奈緒子は少しためらったものの、まだ快感と興奮の余韻があるから、やがて唇をすぼめて懸命に唾液を分泌させ、顔を寄せると、白っぽく小泡の多い唾液をグジューッと吐き出してくれた。

それを舌に受けて味わい、生温かな感触とヌメリを堪能してから、うっとりと喉を潤して酔いしれた。

彼女の当時の歌声を聞きながら、当時の衣装を着た奈緒子の唾液を飲ませてもらうなど、何と贅沢《ぜいたく》なことであろうか。

「ね、顔中に思い切りペッて唾を吐きかけて……」

「まあ、そんなことされたいの？　一度もしたことないわ……」

「この世で、僕だけにして下さい……」

彼がせがむと、二番の歌が始まったが奈緒子は歌わず、大きく息を吸い込んで唾液を溜め、顔を寄せると強くペッと吐きかけてくれた。

白粉臭の吐息とともに、生温かな唾液の固まりが鼻筋を濡らし、トロリと頬の丸みを伝い流れた。

「ああ……」

「嬉しいの？　まあ、こんなに勃《た》って……」

彼が歓喜に喘ぐと奈緒子は言い、彼の雄々しい回復に気づいて目を丸くした。

「どうか、もっと願いを叶《かな》えてくれますか……」

「ええ、そんなに嬉しいなら、何でもしてあげるわ」

涼太が言うと、彼女も久々に自分を信奉する熱烈なファンの存在に喜んでいるように答えた。

元アイドルだから自己顕示欲《けんじよく》はあっただろうが、今は相手の喜びが自分の喜びのように感じる余裕を持ちはじめているのかも知れない。

「顔に跨がって下さい……」

彼は仰向けのまま、あまりの歓喜で朦朧となりながら言った。

「いいわ、恥ずかしいけれど、こう……?」

奈緒子も立ち上がり、恐る恐る彼の顔に跨がってくれた。

可憐なワンピースの中はノーパンだから、裾をめくるとムッチリした内腿の間に割れ目が覗《のぞ》いていた。

手を握って引っ張ると、奈緒子も裾をまくって、そろそろと和式トイレスタイルでしゃがみ込んでくれた。

脚がM字になり、脹《ふく》ら脛《はぎ》と内腿が張り詰めて量感を増し、新たな愛液に濡れた割れ目が鼻先にズームインしてきた。

僅かに陰唇が開き、光沢あるクリトリスが覗いた。まだシャワーも浴びず、さっきはティッシュで拭いただけだから体臭もそのままだった。

「アア……、恥ずかしいわ……」

奈緒子は、再び息を弾ませ、真下からの視線と息を感じて白い下腹をヒクヒクさせた。

「ね、オシッコして下さい……」

「え……?」

「決してこぼしませんから……」

涼太は言いながら腰を抱き寄せ、割れ目に鼻と口を押し付けた。恥毛で蒸れた匂いが濃厚に鼻腔を刺激し、舌を這わせると新たな淡い酸味のヌメリが湧き出してきた。

「そんなこと、出来ないわ……」

「どうか、ほんの少しでいいから」

彼は言いながら舌を這わせ、クリトリスに吸い付いた。

「あう……、ダメ……」

奈緒子が呻き、ビクリと熟れ肌を強ばらせた。しかし吸い付くうち尿意も徐々に高まってきたか、次第に内部の柔肉が迫《せ》り出すように盛り上がり、味と温もりが変化してきた。

理沙のオシッコを飲んだとき、決して抵抗感が湧かないことも分かったし、まして長年憧れ続けた奈緒子のものならこぼさず飲めるだろう。

当時からオナニーで、口に放尿されることを何度も妄想してきたし、それが現実となったのである。

「ほ、本当に出ちゃうわ……、知らないわよ……」

やがて奈緒子が声を上ずらせ、とうとうチョロチョロと温かな流れをほとばしらせてしまった。

涼太は夢中で受け止め、理沙よりやや濃い味と匂いに酔いしれながら、噎《む》せないよう夢中で喉に流し込んでいった。

しかし理沙より溜まっていなかったようで、一瞬勢いが増したが、急激に勢いが衰えて、すぐにも流れは治まってしまった。

「アア……」

奈緒子は出し切ると緊張を解いて息を漏らし、しゃがみ込んでいられず彼の顔の左右に両膝を突いて肌を震わせた。

涼太は残り香の中で舌を這わせ、余りの雫をすすった。しかし新たな愛液が混じり、ポタポタ滴《したた》る雫もすぐに糸を引いて粘ついてきた。

舐め回すと、

「も、もうダメ……」

急激に絶頂を迫らせたように、奈緒子が言って股間を引き離してきた。

そしてペニスへと顔を移動させると、貪るようにしゃぶり、根元まで含んで吸い付いた。

充分に唾液に濡らすと顔を上げ、また自分から身を起こして跨がり、女上位で受け入れていったのだ。

「アア……、いいわ……」

奈緒子がワンピース姿のまま喘ぎ、すぐにも身を重ねてきた。

CDは、すでに三曲目に入っている。

「この曲の頃は、まだ処女？」

涼太は、まだ動かず両手を回して訊いてみた。

「もちろんよ。事務所が厳しかったから、初体験はデビューして数年後。別れた主人と出会う二年ほど前」

奈緒子も正直に答えてくれた。どうやら関係者と初体験をし、前夫が二人目で涼太は三人目という、至極真っ当な人数らしい。

やがて待ちきれないように奈緒子が腰を遣いはじめ、涼太も合わせて股間を突き上げながら、喘ぐ口に鼻を押し付けて甘い息を嗅いだ。

「お口が、なんていい匂い……」

「でも、忙しかった当時は移動中に眠って、寝起きで歯磨きもせず顔だけ直して歌ったことも多いの。幻滅だろうけど」

「そんなときに嗅いでみたかった……」

涼太は、奈緒子の吐息に酔いしれながら答えた。

「ね、お姉さんみたいに涼太って呼んで、嘘《うそ》でも言いから好きって言って……」

「涼太……、好きよ……」

「あう……！」

近々と顔を寄せて囁かれた途端、涼太は二度目のオルガスムスに達し、ありったけのザーメンを放ってしまった。

「ああ、熱いわ、またいく……！」

すると、噴出を感じた奈緒子もたちまち昇り詰め、口走りながらガクガクと痙攣しはじめたのだった。彼は大きな快感を心ゆくまで味わい、最後の一滴まで絞り尽くした。

彼女も立て続けのオルガスムスに力尽き、グッタリと体重を預けてきた。

涼太も突き上げを止め、奈緒子の口に鼻を押し込み、白粉臭の甘い息を嗅《か》ぎながら余韻を嚙《か》み締めた。

互いの荒い息遣いの中、ＣＤデッキから当時の彼女の清純な歌声が寝室内に流れ続けていた……。

4

(いや、もう生身の女体が手に入ったのだから、あまり一人で抜かない方がいいな……)

涼太は、奈緒子の写真集を部屋いっぱいに広げ、曲も流していたのだがオナニーを中断した。

奈緒子とセックスしてから、彼は毎日オナニーで射精しては、始終ぼうっとしていた。それほど感激したし、今も夢の中の出来事のようだった。

しかし奈緒子は彼とメアドも交換し、また会ってくれる約束も取り付けたのである。

しかも奈緒子は、そのときに着た青いドレス型ワンピースを彼にくれたのだ。まあ、洗濯してももう着ないだろうから、面倒になってくれたのかも知れないが、当時実際に着ていたものだから、涼太にしてみれば大きな感激であった。

すぐにも会いたいが、やはりしつこいと思われてもいけないので、奈緒子からのメールを待つつもりだった。それが何日も無ければ、そのうち恐る恐る打診してみようとも思っていた。

だから一人で寂しく射精するくらいなら、少しでも多く奈緒子としたかったのである。

もちろん素人童貞を脱する機会を与えてくれた、無垢《むく》な理沙にも、限りない感謝と愛《いと》しさを覚えていた。何しろ奈緒子の一人娘であり、当時の彼女そっくりなのである。

とにかく美しい母娘《おやこ》、どちらとのセックスも贅沢だった。

ただ奈緒子はあまりに神々《こうごう》しすぎ、感激も大きいので、年中しまくって食傷するよりは、たまに会うぐらいで良いのかも知れない。

そのてん理沙は、若いし覚えたてだし、何しろ当時の奈緒子に瓜《うり》二つだから喜びも大きく、開発する楽しみもあった。

そして最も重要なのは、母娘ともに肌を重ねていることを、その二人に知られてはいけないということだった。

と、そんなことを思い、オナニーを中断して写真集を片付けているとドアがノックされた。

開けると何と、たったいま思っていた理沙ではないか。

「やあ、どうぞ入って」

「ええ、こないだは居なくてごめんなさい。ママから、下巻を受け取りました」

理沙は入ってきて言い、彼は途中までオナニーしていたから下地が出来ているので激しい淫気を催してしまった。

「まあ、ママの写真集見ていたの？」

「うん」

「ママが言っていたわ。熱烈なファンだったから、当時の服をあげたって」

「ああ、これだよ。この写真集の衣装」

涼太は言い、壁に吊《つる》したワンピースと、その衣装の写真集を見せてやった。

「すごく喜んでいたわ。今も、あんな熱烈なファンがいるのねって」

理沙は無邪気に言って、ベッドの端に座った。

午後の講義を終えてきたらしく、まだ五時過ぎである。

「で、バイク事故の人も明日退院だって。打撲と捻挫で済んだらしいの」

「そう、それは良かった」

「菅井真希《すがいまき》さんって知ってる？　一級上で二十歳になるの」

「いや、サークルに入っていなければ分からないな」

言われて答えたが、何かと理沙と一緒に購買部に来る子だろうという見当は付いた。

どうやら原付で帰宅途中、いきなり飛び出してきた猫を避け、バランスを崩して転倒したらしい。

「でも安心したわ。あの日は心配で病院へ飛んでいったの」

理沙が言う。そのおかげで涼太は奈緒子と懇《ねんご》ろになれたのだった。

そして理沙も、すぐに好奇心の目を熱く向け、何かとソワソワしはじめたから快感が目的で来たのだろう。

「ね、脱いでこれ着てみてくれる？　ママには絶対に内緒で」

「ええ、恥ずかしいけど、いいわ……」

言ってみると、理沙は迷うことなく応じてくれた。

（奈緒子さんの衣装を、そっくりな娘が着てくれる……）

涼太は期待でピンピンに勃起し、激しく胸が弾んできた。

「全部脱ぐの……？」

理沙は言いながらも立ち上がり、ブラウスとスカートを脱ぎはじめてくれた。さらにソックスとブラ、下着まで全て脱ぎ去り、可憐な全裸を見せてから、吊してあったドレスをスッポリ被《かぶ》り、襟を直した。

「うわ……、似合う……」

涼太は、そこにまるでショートカットにした奈緒子本人が現れたような感激を覚えた。

彼も手早く服を脱いで全裸になり、ベッドに仰向けになった。

「ね、ここに座って」

下腹を指して言うと、理沙もチラと勃起したペニスを見てからベッドに上り、恐る恐る彼の腹に跨がってしゃがみ込んだ。

裾をめくって座ると、割れ目がピッタリと肌に密着してきた。

「じゃ、脚を伸ばしてね」

さらに彼は言い、理沙を立てた両膝に寄りかからせ、両脚を伸ばさせた。

「あん……、重くないですか……」

理沙は両足の裏を彼の顔に乗せ、全体重を預けながら言った。

涼太は下腹と顔に美少女の重みを感じながら、うっとりと足裏の感触を味わった。何しろアイドル時代の奈緒子そっくりな娘が、当時の衣装で座っているのである。

彼は両足の裏を舐め回し、指の股にも鼻を押し付けて嗅いだ。

今日も、理沙の指の間は生ぬるく湿り、汗と脂の蒸れた匂いが濃厚に沁み付いていた。

胸いっぱいに美少女の足の匂いを嗅いでから爪先をしゃぶり、順々に指の間に舌を挿し入れて味わった。

「あう……、く、くすぐったいわ……」

理沙が腰をくねらせて喘ぐたび、密着した割れ目が徐々に潤いはじめてくるのが分かった。

やがて両足とも味と匂いを貪り尽くすと、涼太は理沙の両手を握って引き寄せた。彼女も素直に前進し、裾をめくって彼の顔に跨がってしゃがみ込み、ぷっくりした割れ目を鼻先に迫らせてきた。

前回の快感の期待があるのか、割れ目からはみ出した花びらは大量の蜜にネットリと潤っていた。

指を当てて陰唇を左右に広げると、処女を失ったばかりの膣口が襞を入り組ませて息づき、奈緒子より小粒のクリトリスも、包皮の下から精一杯ツンと突き立っていた。

涼太は、そのまま彼女の腰を抱き寄せ、熱気と湿り気の籠もる中心部にギュッと鼻を押しつけていった。柔らかな若草には、汗とオシッコの匂いに混じって、ほのかなチーズ臭が鼻腔を悩ましく掻き回してきた。

涼太は美少女の匂いを胸いっぱいに吸い込んでから、舌を這わせて陰唇の内側を探り、膣口をクチュクチュと舐め回した。

そして柔肉を味わいながらクリトリスまでゆっくり舐め上げていくと、

「アアッ……、い、いい気持ち……」

理沙がビクッと反応して喘ぎ、思わず座り込みそうになるのを、彼の顔の左右で懸命に両足を踏ん張った。

涼太は、チロチロとクリトリスを舐め回しては、ヌラヌラと溢れてくる淡い酸味のヌメリをすすった。

奈緒子も、きっと当時はこんな味と匂いをさせていたのだろう。

いや、女子大生などより遥《はる》かにハードな生活だったから、もっと匂いはきつかったのかも知れない。

そんなことを思うと、彼自身が急角度に勃起してヒクヒクと震えた。そして本当に、さっき抜いておかないで良かったと思ったのだった。

さらに彼は理沙の白く丸い尻の真下に潜り込み、顔中に双丘を受け止めながら谷間の蕾に鼻を押し付けて嗅いだ。

今日も汗の匂いに秘めやかな微香が混じり、悩ましく鼻腔を刺激してきた。

いかにシャワートイレを使っていようとも、たまに小用の拍子に気体が漏れれば、その香りが微量に残るのだろう。

涼太は匂いを貪ってから、ピンクの蕾に舌を這わせて濡らし、ヌルッと潜り込ませて滑らかな粘膜を探った。

「あう……！」

理沙が呻き、キュッと肛門で舌先を締め付けてきた。

涼太は執拗に舌を蠢かせ、クネクネする彼女の腰を押さえつけた。

やがて割れ目に戻り、大量のヌメリをすすってクリトリスに吸い付いた。

「も、もうダメ……」

理沙がビクッと反応して言い、股間を引き離してきた。

涼太が舌を引っ込めて大股開きになると、彼女も素直に真ん中に陣取って屈《かが》み込んできた。そして熱い息を股間に籠もらせながら、肉棒の裏側をゆっくり舐め上げてきたのだった。

5

「ああ……、気持ちいい……」

涼太は快感に喘ぎ、理沙の鼻先で幹を上下に震わせた。

彼女も幹に指を添えて先端まで舌を這わせ、粘液の滲む尿道口をチロチロと舐め回し、やがてスッポリと喉の奥まで呑み込んでくれた。

熱い鼻息が恥毛をくすぐり、唾液に濡れた唇が幹を丸く締め付けて吸い、口の中ではクチュクチュと舌がからみついた。

恐る恐る見ると、奈緒子そっくりの可憐なドレスの美少女が無邪気にペニスにしゃぶり付いているのである。

たちまち彼自身は生温かく清らかな唾液にまみれ、ズンズンと股間を突き上げると、

「ンン……」

先端で喉の奥を突かれた理沙が呻き、合わせて顔を上下させ、スポスポと強烈な摩擦を繰り返してくれた。

「き、来て……」

急激に高まった涼太が言い、理沙の手を引くと、彼女もチュパッと口を離して身を起こした。

そして前進し、フワリと開いた裾をめくりながら、先端に濡れた割れ目を押し当て、ゆっくり座り込んで膣口に受け入れていったのだった。

ヌルヌルッと心地よい肉襞の摩擦が幹を包み、根元まで完全に嵌《は》まり込むと、

「アアッ……！」

理沙がビクッと顔を仰け反らせ、完全に股間を密着させてきた。

着衣のまま、肝心な部分が繋《つな》がっているというのも興奮する眺めである。

涼太も心地よい温もりと感触、きつい締め付けを味わいながら、喘ぐ美少女を見上げた。

それでも、初回ほどの痛みはないようで、理沙はキュッキュッと味わうように締め付けてから、ゆっくり身を重ねてきた。

涼太は顔を上げ、開いた胸元をさらに寛《くつろ》げ、はみ出したオッパイに顔を押し付けていった。

可憐な薄桃色の乳首にチュッと吸い付いて舌で転がし、顔中に柔らかな膨らみを受けながら、甘ったるい汗の匂いで鼻腔を満たした。

もう片方の乳首も含んで舐め回し、さらに半袖の腋の下にも鼻を埋め、ミルクのように甘ったるい汗の匂いを味わった。

そして両手を回してしがみつきながら、ズンズンと股間を突き上げると、

「ああン……」

理沙が喘ぎ、合わせて腰を動かしてくれた。

溢れる愛液が動きを滑らかにさせ、裾の中でピチャクチャと淫らに湿った摩擦音も聞こえてきた。

「大丈夫?」

「ええ、前の時ほど痛くないし、なんか気持ちいいです……」

訊《き》くと、理沙が感覚を探るように答えた。

彼女が上だから、無理のないよう自分で動けるのも良いのだろう。実際大量に濡れているので、涼太も安心して動き、下から美少女の唇を求めていった。

密着する唇の弾力を味わい、舌を挿し入れて歯並びを舐め、舌の裏側も探って生温かな唾液をすすると、

「ンン……」

理沙も熱く息を弾ませ、チロチロと舌をからめてくれた。

「もっと唾を出して……」

囁くと、理沙も懸命に唾液を分泌させた。喘いでばかりで口中が乾き、なかなか出ないようだが、それでも少量唇から出し、清らかな小泡混じりの粘液をトロリと垂らしてくれた。

舌に受けて味わい、涼太はうっとりと喉を潤した。

さらに突き上げを速めていくと、

「アアッ……！」

理沙が喘ぎ、彼は美少女の開いた口に鼻を押し込み、熱く湿り気ある息を嗅いだ。それは今日も甘酸っぱい、濃厚な果実臭が含まれていた。

涼太は美少女の口の匂いを胸いっぱいに嗅ぎ、悩ましく鼻腔を刺激する吐息に酔いしれた。

「舐めて……」

言うと理沙も厭《いと》わず、彼の鼻の穴を舐め回してくれた。

さらに嗅ぎながら顔中を擦りつけると、頬も鼻筋も瞼《まぶた》も生温かな唾液でヌルヌルにまみれた。

「い、いく……！」

愛らしい匂いの渦に包まれながら、あっという間に彼は昇り詰めてしまった。

熱いザーメンをドクンドクンと脈打つように柔肉の奥にほとばしらせ、大きな快感に悶えた。

「あう、熱いわ、感じる……！」

すると理沙も噴出を受け止めて呻き、キュッキュッと膣内を収縮させた。

まだ本格的なオルガスムスには到《いた》らないが、少なくとも痛みは克服し、早くも快感の兆しを感じ取ったようだった。

この分なら、いくらも経《た》たないうちに、本格的な大人の快楽に目覚めることだろう。

涼太は快感を嚙み締め、心置きなく最後の一滴まで出し尽くした。

満足しながら突き上げを弱めていくと、

「アア……」

理沙も声を洩らし、硬直を解いてグッタリともたれかかってきた。

涼太は締まりの良い膣内でヒクヒクと過敏に幹を震わせ、理沙の顔を引き寄せて唾液と吐息の甘酸っぱい匂いに包まれながら、うっとりと快感の余韻に浸り込んでいった。

力を抜くと、理沙も荒い息遣いを繰り返しながら彼に体重を預け、芽生えかけた快感におののくように肌を震わせていた。

重なったまましばし経ち、ようやく呼吸が整うと、そろそろと理沙は股間を引き離し、ゴロリと横になっていった。

「うわ、汚さないように……」

涼太は慌てて起き、ティッシュを手にして裾をめくった。そして理沙の割れ目を拭き、何とかドレスを濡らさずに済んだのだった。

理沙の体臭はいくら沁み付いても良いが、自分のザーメンで汚すのは控えたかったのである。

処理を終えると、涼太もペニスを拭って再び添い寝した。

「そんなにママが好き……？」

「ううん、青春の思い出だよ。僕が好きなのは理沙ちゃんなんだから」

「本当？」

言うと、安心したように理沙が横から身体をくっつけてきた。

父親が不在というのも関係あるのかも知れないが、もともと年上の男が好きなのだろう。

やがて理沙が身を起こし、まだ愛液とザーメンに湿っているペニスに顔を寄せてきた。

幹をニギニギし、尿道口からうっすらと滲むザーメンを舐め回し、回復してきた亀頭をパクッと含んで、モグモグと喉の奥まで呑み込んでいった。

「ああ……」

当時の奈緒子そっくりな美少女にしゃぶられ、涼太は快感に喘ぎ、理沙の口の中で完全に元の大きさになってしまった。

理沙は顔を上下させ、リズミカルに摩擦してくれた。

「い、いっちゃうよ……」

「いいわ。出して」

急に高まって言うと、理沙が口を離して答え、またすぐに含んだ。

「じゃ、こっちに跨がって」

涼太は言って理沙の下半身を引き寄せると、彼女も亀頭を含んだまま身を反転させ、彼の顔に跨がって女上位のシックスナインの体勢になってくれた。

裾をめくり、下から彼女の割れ目を舐め、息づくピンクの肛門を見上げた。

「ンンッ……」

理沙が、集中できないというふうに尻を振ったので、涼太も舌を引っ込め、見上げるだけにして快感に身を任せた。

すると理沙も、熱い鼻息で陰嚢をくすぐりながら、クチュクチュと濡れた唇で摩擦しては吸い、舌もからめてくれた。

「い、いく……！」

たちまち絶頂に達した涼太は口走り、二度目とも思えない快感を味わい、熱いザーメンをほとばしらせて美少女の喉の奥を直撃した。

「ク……」

理沙も噴出を受け止めて呻き、最後の一滴まで吸い出してくれた。

「ああ……、気持ち良かったよ、すごく……」

涼太は言いながら荒い呼吸を繰り返し、理沙の割れ目を見上げながらグッタリと身を投げ出していった。

理沙も含んだままコクンとザーメンを飲み干し、チュパッと引き離してからも丁寧に尿道口の雫を舐め取ってくれたのだった……。

第三章　メガネ美女の熱き欲望

1

「お疲れ様でした。今日は大変でしたね」

志保里《しおり》が涼太に言い、お茶を入れてくれた。文芸サークルの活動が終わり、みな帰ったところだった。

三十歳になる高野《たかの》志保里は、日本文学の講師でサークルの顧問、活動に使っているこの部屋の責任者でもある。だから涼太より年下だが、単にたまに来る助手の彼より、大学側からすれば格上なのだった。

今日は、同人誌の最終作業があって忙しかったのだ。

理沙も来ていたが、仲良しも多く居たので一緒に帰ってしまった。

実は涼太は、この志保里の面影でも、妄想オナニーでかなり世話になっていたのである。

知的なメガネ美女で、色白の頬に淡い雀斑《そばかす》があり、それも化粧気のない魅力だった。独身で、男と付き合っているような素振りもなく研究一筋で、高校時代で言えば図書委員タイプのイメージであった。

そして部屋に二人きりになると、何やら涼太は急激に欲情してきてしまったのである。

何しろ、今まで絶対に不可能と思えた、雲の上の奈緒子と懇《ねんご》ろになり、しかも十代の処女で、奈緒子の娘ともセックスしてしまったのだから、もうこの世に不可能などないように思えてしまった。

どんな憧れのアイドルでも、神聖な美少女でも、手に触れることの出来る生身の人間なのだということが意識されると、今まで遠慮していた相手にも積極的になれるような気になったのである。

部屋は、机とスチール本棚の並んだ十人ほど入れる広さで、さらに奥に給湯の流しと、ソファのある小部屋があった。

そのソファで、たまに志保里は仮眠することもあるようだ。

志保里は部屋のドアを内側からロックして灯《あか》りを消し、奥の部屋のソファに二人で並んで座り、お茶を飲んだ。

「これから、将来はどうするんです？」

志保里が、メガネの奥の切れ長の眼差《まなざ》しで訊《き》いてきた。髪は無造作に後ろで引っ詰め、いかにも外見など気にしない学者タイプだが、地味で真面目《まじめ》なところが魅力であった。

「いずれは専業作家になりたいけれど、なかなか合間に長編にかかるのは難しいからね」

「やっぱり、作家志望なんですね。前に出したライトノベルは面白かったけど、ああいうものはシリーズ化して量産した方が良いのでしょう？」

「うん、そうは思うけれど、どうしても日常に流されてしまって。高野さんはどうするの？　いずれは准教授だろうけど、彼氏とか結婚とかは」

涼太は、自分のことより前から気になっていた志保里に話を振った。

「彼氏は、今までに一人だけ。学生時代に知り合った二つ下の子で、結局中退して地方に帰ってからは音信不通だわ。あとは、私も研究が面白くなってしまったので」

「へえ、年下の彼……」

なるほど、落ち着きのある志保里は世話を焼きそうだから、年下に慕われるタイプかも知れない。涼太も、もし学生時代にこんなお姉さんがいたら惚《ほ》れ込んでしまったことだろう。

どちらにしろ志保里は、もう五年以上男と縁を持っていないようだ。

「その彼は、童貞だったのかな？」

「ええ、無垢《むく》同士の手探りで。もっとも私は予備知識があったけれど」

訊くと、志保里も嫌がらずにそうした話題に乗って答えてくれた。

「やっぱり研究者タイプなんだね。男の身体《からだ》のことも勉強してから、実地に臨むとは」

「ええ、彼は甘えん坊タイプだったから受け身が多くて、私は何も知らないくせにリードばかりして」

まさか、志保里が際どい話に乗ってくると思わなかったので、涼太も思わず勃起しながら、嬉《うれ》しくてついエスカレートしてしまった。

「じゃ彼は、自分ばっかりいって、ろくに快感は与えてくれなかった？」

「ええ、最初試しにお口でしてみたら、すぐに出されてしまって」

「うわ、いいなあ……」

涼太は突っ張った股間を押さえて言い、いつしか志保里も色白の頬を紅潮させて、耳まで赤くしているではないか。

日頃、冷徹な印象のある彼女が、ここまで話してくれるのは実に意外で嬉しかった。

「ね、してほしいですか？」

と、志保里が横から聞いてきた。

「うん！」

涼太は勢いよく返事をしていた。

どうやら志保里も、前から彼に淡い好意でも寄せてくれていたのだろう。

理沙という幸運の天使とするまでは彼もシャイなままで、周囲のこともよく見えていなかったのである。

「ほ、本当にいいの？」

「ええ、いいわ」

志保里が頬を上気させて答えた。もうこの部屋に来るものは誰もいない。

「じゃ、その前に僕も舐《な》めたい。どうか脱いで」

涼太は気が急《せ》くように言って、自分からシャツとズボンを脱ぎはじめた。

すると志保里もブラウスのボタンを外しはじめたので、どうやら冗談ではなく本気らしいので彼も安心し、大きな期待に胸を高鳴らせたのだった。

彼が全裸になり、ピンピンに勃起したペニスを露《あら》わにすると、志保里も一糸まとわぬ姿になって白い肌を余すところなく晒《さら》した。

「どうすればいいの。言う通りにするから……」

志保里が、メガネも外して言うと、清楚《せいそ》な美女の顔が現れた。

今までは年下の彼氏をリードしていたが、今は涼太に従いたいらしい。

「じゃ、ここに寝て」

彼は言い、ソファに横たわった志保里の肢体を観察した。

白い胸元にも淡い雀斑があり、膨らみは案外形良く豊かだった。ウエストが引き締まって腰も丸みを帯び、脚はスラリとしていた。

涼太は堪《たま》らず、彼女の胸に顔を押し付け、チュッと乳首を含んで舌で転がした。

「アアッ……！」

志保里が顔を仰《の》け反《ぞ》らせて喘《あえ》ぎ、小刻みに肌を震わせていた。緊張や期待とともに、神聖な構内で行うことに禁断の悦《よろこ》びを得ているのだろう。

涼太は左右の乳首を順々に含んで舐め回し、顔中を押し付けて乳房の感触を味わった。

久々の男で、しかも年上は初めてというので彼女の反応は激しく、もうどこに触れてもビクッと敏感に肌を震わせていた。

両の乳首を充分に愛撫《あいぶ》してから、彼は志保里の腕を差し上げ、腋《わき》の下に迫ると何とそこには淡い腋毛が色っぽく煙っていたのである。

ケアを怠っているというより、夏も過ぎたので自然のままにしているだけらしく、そんなことより研究に時間を費やしたいのだ。

そして、そんな志保里も、今日ばかりはタイミング良く二人きりになって話も弾んだせいか、すっかり淫らな世界に身を投じて喘いでいた。

（うわ、興奮する……）

涼太は清楚な美女の腋毛に感激し、鼻を埋め込んで柔らかな感触を味わいながら、甘ったるく濃厚な汗の匂いを貪った。

「あう……、くすぐったいわ……」

志保里が呻《うめ》き、彼の顔を腋に抱え込むようにして悶《もだ》えた。

美少女の理沙も、元アイドルの奈緒子もスベスベだったので、腋毛の感触が実に新鮮だった。

腋毛があるぶん艶《なま》めかしい匂いも籠もり、涼太は鼻を擦《こす》りつけて美女の体臭を吸収してから、舌を這《は》わせて肌を舐め降りていった。

腹部も滑らかで、形良い臍《へそ》を探り、張り詰めた下腹から、例によって肝心な部分は最後にして脚をたどった。

脛《すね》にもまばらな体毛があり、野趣溢《あふ》れる魅力と、清楚な顔立ちとのギャップ萌《も》えが感じられた。

舌を這わせて足首へ下り、足裏にも顔を押し付けた。

志保里は、久々の興奮と緊張にすっかり放心し、全てを彼に任せて身を投げ出していた。

細く形良く揃《そろ》った足指の股に鼻を割り込ませて嗅ぐと、そこはやはり汗と脂で生ぬるくジットリ湿り、蒸れた匂いが濃厚に沁《し》み付いていた。

涼太は美女の足の匂いを貪ってから爪先にしゃぶり付き、全ての指の間に舌を挿し入れて味わった。

「く……、ダメ、そんなこと……」

志保里が朦朧《もうろう》となって呻き、彼の口の中で弱々しげに指を縮めた。

涼太は構わず両足ともしゃぶり尽くし、味と匂いに激しく高まった。

そして、いよいよ股を開かせ、脚の内側を舐め上げて白い内腿《うちもも》をたどり、熱気の籠もる中心部に迫っていったのだった。

2

「アア……、見ないで……」

明るい部屋なので、大股開きにされた志保里が嫌々をしながら腰をよじって言った。

涼太は、近々と顔を寄せて目を凝らした。

丘に茂る恥毛は情熱的に濃く密集し、割れ目からはみ出した陰唇は実に清らかな薄桃色をしていた。

指を当てて左右に広げると、柔肉はヌメヌメと大量の愛液に潤い、襞《ひだ》の入り組む膣口《ちっこう》が妖しく息づいていた。

クリトリスは小指の先ほどもあり、光沢を放って愛撫を待っている。

涼太は顔を埋め込み、柔らかな茂みに鼻を擦りつけ、隅々に籠もった生ぬるい汗とオシッコの匂いで鼻腔《びこう》を刺激されながら、舌を這わせていった。

陰唇の内側に挿し入れ、膣口を掻き回し、淡い酸味のヌメリを掬《すく》い取りながらクリトリスまで舐め上げていった。

「ああッ……！」

志保里が熱く喘ぎ、内腿でムッチリと彼の両頰を挟み付けてきた。

彼は腰を抱えて美女の味と匂いを貪り、やがて両脚を浮かせて白く豊満な尻の谷間に迫った。

ひっそり閉じられたピンクの蕾《つぼみ》は、綺麗《きれい》な襞を揃えて息づき、鼻を埋めて嗅ぐと微香が籠もっていた。

彼は双丘に顔中を密着させて嗅ぎ、舌を這わせてからヌルッと潜り込ませた。

「あう、ダメ……」

志保里が驚いたように呻き、キュッと肛門《こうもん》で舌先を締め付けた。

涼太は舌を蠢《うごめ》かせ、うっすらと甘苦いような微妙な味覚のある粘膜を探り、彼女の前も後ろも堪能《たんのう》した。

「そ、そこやめて、恥ずかしいから……」

志保里がもがいて言い、脚を下ろしてしまった。

涼太はそのまま舌を割れ目に戻し、大洪水の愛液をすすり、クリトリスに吸い付いた。さらに指を膣口に挿し入れ、小刻みに内壁を擦ると、

「い、いきそう……」

志保里が顔を仰け反らせて口走り、すでにヒクヒクと小さなオルガスムスの痙《けい》攣《れん》を起こしはじめていた。

完全に果ててしまう前に彼は舌と指を引き離し、股間から這い出していった。

そして志保里の手を握って強《こわ》ばりに導くと、彼女はニギニギと動かしながら、自分からソファを下りて膝を突き、彼の股間に顔を寄せてきたのだ。

股を開くと、その真ん中に彼女は座り、久々に接するペニスに熱い視線を注いで幹を撫《な》で、とうとう先端にしゃぶり付いてくれた。

張りつめた亀頭に舌を這い回らせ、熱い息を股間に籠もらせながら、スッポリと根元まで呑《の》み込んでいった。

「ああ……」

涼太は快感に喘ぎ、美女の口の中で幹を震わせた。

「ンン……」

志保里も深々と含んで熱く鼻を鳴らし、上気した頬をすぼめて吸い付き、ネットリと舌をからめてきた。さらに顔を小刻みに上下させ、唾液にまみれた肉棒をスポスポと摩擦してくれたのだ。

濡《ぬ》れた唇が張り出したカリ首を心地《ここち》よく擦り、彼も激しく高まっていった。

「い、いきそう、入れたい……」

涼太が暴発を堪《こら》えながら言うと、志保里もスポンと口を引き離して起き上がってきた。

彼が浅く座って股間を突き出すと、志保里も自分から跨《また》がり、自らの唾液に濡れた先端に割れ目を押し当て、位置を定めると息を詰めて、ゆっくり腰を沈み込ませていった。

生温かく濡れた柔肉に、屹立《きつりつ》したペニスがヌルヌルッと滑らかに呑み込まれてゆき、彼は肉襞の摩擦と締め付けを味わった。

「アアッ……、いい……！」

深々と受け入れ、完全に股間を密着させた志保里が喘ぎ、久々のペニスを味わうようにキュッキュッときつく締め付けてきた。

「ね、お願い、メガネをかけて……」

「メガネがある方がいいの……？」

せがむと、志保里も手を伸ばし、テーブルに置いたメガネを手にしてかけてくれた。

いつもの見慣れた知的美女の顔に戻り、彼は新たな興奮に見舞われた。

涼太は両手を回して抱き寄せながら、覆いかぶさるように顔を寄せている彼女に唇を重ねていった。

メガネのフレームが顔に感じられ、涼太は内部で幹を震わせた。

「ンンッ……」

志保里も熱く息を弾ませて呻き、自分から腰を突き動かしてきた。

大量に溢れる愛液が動きを滑らかにさせてクチュクチュと音を立て、彼の陰嚢《いんのう》にまで生ぬるく滴《したた》ってきた。

舌を挿し入れると彼女もチュッと吸い付き、執拗《しつよう》に舌をからめ、涼太は美女の唾液をすすりながら下からも股間を突き上げはじめた。

「ああ……、い、いきそう……」

志保里が、耐えられなくなったように口を離して喘いだ。

形良い口から白く滑らかな歯並びが覗《のぞ》き、熱く湿り気ある息を嗅ぐと、花粉のような甘い匂いに、うっすらとオニオン臭に似た刺激が混じり、悩ましく鼻腔を満たしてきた。

ケアして無臭に近いよりも、彼はずっと興奮が高まった。

涼太は、彼女の喘ぐ口に鼻を押し付けて艶めかしい息を嗅ぎ、急激に絶頂を迫らせていった。

それでも必死に耐えているうち、先に志保里が昇り詰めてしまった。

「い、いく、気持ちいい……、アアーッ……！」

志保里が声を上ずらせ、ガクガクと狂おしいオルガスムスの痙攣を開始した。

膣内の収縮に巻き込まれ、続いて絶頂に達した彼も、

「く……！」

快感に呻きながら、熱い大量のザーメンをドクンドクンと勢いよく内部にほとばしらせてしまった。

「あう、感じる……！」

噴出と、幹の脈打ちを感じた志保里は、駄目押しの快感を得たように言い、さらにキュッときつく締め付けてきた。

涼太もズンズンと股間を突き上げ、心地よい摩擦を嚙《か》み締めながら最後の一滴

まで出し尽くしていった。

まさか、大学の中でしてしまうとは夢にも思わず、それは志保里も同じようで禁断の快感にいつまでも肌を震わせていた。

やがて涼太が満足して動きを止めると、

「ああ……」

志保里も満足げに声を洩《も》らすと、肌の硬直を解いてグッタリと彼にもたれかかってきた。

まだ膣内は、久しぶりのペニスを嚙み締めるようにきつい締め付けを繰り返して、刺激されるたび幹がヒクヒクと過敏に跳ね上がった。

「あう……、動かないで……」

彼女も敏感になっているように呻き、押さえつけるようにキュッときつく締め上げてきた。

涼太は力を抜き、かぐわしく悩ましい息の匂いで鼻腔を刺激されながら、うっとりと快感の余韻に浸り込んだのだった。

「ああ……、良かったわ……、でも学校でするなんて……」

志保里は息を弾ませて囁《ささや》き、まだオルガスムスの波が押し寄せるようにビクッと肌を震わせていた。

「実は私、前に大村さんを結婚相手にどうかと思っていた時期があったの」

「え……?」

呼吸を整えながら言う志保里に、彼は驚いた。

「そうなんだ……。でも、パッとしないので諦めた……」

物書き志望と言いつつも、あまり売れなかったライトノベルを一冊出したきりで、あとは学内のバイトに明け暮れ、サークルで先輩面しているだけなので、志保里も幻滅したに違いない。

「ううん、諦めたというより、私も研究が楽しくて家庭なんかに収まれないだろうし、こうしてたまに楽しめれば良いと思っていたから、今日はとっても嬉しかったわ……」

志保里がしみじみと言い、涼太も関係したせいで結婚を迫られなくて良かったと思った。

確かに志保里は美人だし将来もあるし、互いの年回りも良いけれど、やはり涼太も結婚というものにあまり憧れを持っていないのだ。

男女で必要なのは適度な距離感だと思っている。ともに暮らすと距離が近すぎて、肉親の感覚になってしまうのが嫌なのだ。

「だから、たまにでいいから、こうして楽しみましょう」

「ええ、ぜひ……」

涼太は頷《うなず》いたのだった。

3

「大村さん、たまには運動でもしません？」

涼太が帰ろうとすると、ジョギングしていた香織《かおり》が声をかけてきた。

「いや、いいよ」

運動の嫌いな涼太は答えたが、久々に話しかけてくれることは嬉しかった。

冴木《さえき》香織は二十五歳の体操部コーチだ。体育会系の割りに読書家で、以前にはたまに文芸サークルに顔を出したこともあるし、最近も購買部の書店で顔を合わせている。

ポニーテールで眉が濃く、きりりとした顔立ちは女武芸者のようだった。

香織もジョギングを止《や》め、話したいらしく彼と一緒に歩いた。

「なんか最近、大村さん変わりましたね」

「え？　そうかな」

「すごく生き生きしてるし、自信に溢れてる感じです」

香織が言う。もしそう見えるとしたら、理沙と奈緒子の母娘《おやこ》と関係を持ったことが、大きな幸運の切っ掛けになったのだろう。

だから、今までは遠くで見ていた女性、例えば志保里などとも肌を重ねることが出来たのである。

「良いことでもあったんですか。まさか素人《しろうと》童貞を捨てたとか」

いきなり香織が図星を指してきた。

「うわ、よく分かるね」

「あはは、すっきりした顔しているし、もっと手を広げようという感じに見えますよ」

香織が、あまりに気さくに言うので、涼太も釣られて言ってしまった。

「じゃ僕とどう？　ベッドの上の運動ならいくらでも付き合うから。あ、ごめんよ、今のは冗談だからね」

涼太が言った瞬間、香織が真剣な表情になったので、彼は慌てて打ち消した。

「いえ、冗談じゃなく本当に付き合ってほしいです。実は先月、彼と別れたばっかりで……」

香織が声のトーンを落として言った。

「でも、それならいくらでも運動部の逞《たくま》しい学生たちがいるでしょう」

「ううん、そうしたタイプと別れたばかりだから……」

香織は言い、今までの明るさが嘘《うそ》だったように打ち沈んで答えた。

今は、スポーツ系以外の男に興味を抱いているのかも知れない。確かに逞しい男はパワーはあるだろうが、知性と繊細さに欠けるものが多く、傲岸で自分勝手なのではないか。

「これから私のお部屋へ来ませんか。もう帰るところだったのでしょう？」

「うん、じゃ行こうか」

涼太はその気になり、ジャージ姿の彼女と一緒に大学を出た。

彼女のハイツは、歩いてすぐの場所にある。

さすがにジャージだと、彼女の身体の線もよく観察できた。やはり体操は見栄えも大事だから、痩せすぎず実にバランスの良い肢体をしていた。

ウエストはくびれているが乳房と尻は魅惑的な丸みを持ち、化粧気はないが顔立ちも美形の部類である。

涼太は歩きながら、期待に股間を熱くさせた。

やはり香織が言った通り、理沙と奈緒子の幸せ効果が表面に出て、さらに多くの女性を惹《ひ》きつけるようになってきたようだ。

まさに彼は、三十五歳にして生まれて初めてで最大のモテ期がやってきたのである。

五分余り歩くと、香織がハイツに案内してくれた。

中に入ると、さすがに室内でもトレーニングしているのか、濃厚に甘ったるい体臭が立ち籠めていた。

2DKで、ダイニングキッチンに食事用のテーブル、テレビのある部屋には腹筋台やぶら下がり健康器、ダンベルなどが置かれ、寝室はベッドの他は本ばかりで、まるで体育系と文化系が同居しているような印象だった。

「ね、素人童貞を捨てた相手って、どんな人?」

密室に入ると、香織は最初から際どい話題を出してきた。そして彼が明るく変わったことも、自分の予想通りと確信しているらしい。

「うん、ずっと前、中学高校の頃から憧れていた人なんだ」

「そう、同窓生のマドンナね。じゃ人妻になっていた？」

答えると、香織も確信を深め勝手に想像して言った。

「いや、バツイチだったんだ」

「そう、別れたあとって寂しいのよね。同じタイプには惹かれないのだけど」

香織の眼差しが熱っぽくなってきた。寂しさよりも、溜《た》まりに溜まった淫気を解消したい感じに見える。

「じゃ、嫌でなかったらお願いします」

香織は、まるでスポーツの相手でもしてほしいように言い、ジャージを脱ぎはじめていった。

涼太も、頷いて服を脱ぎながら寝室に入った。

シーツの乱れたベッドが艶めかしかった。ここで香織は、男を求めてオナニーしていたのだろう。

「じゃ、先にシャワー使って下さい」

彼女に言われて、涼太は下着姿になると、寝室の隣にあるバスルームへと入っていった。

シャワーの湯で全身を洗い流して口をすすぎ、放尿を終えて、香織が出してくれたバスタオルで身体を拭き、腰に巻いて寝室に戻った。

「君はそのままでいいからね」

「え？　だって、今日の午後はずっと運動し続けですよ」

「それがいいんだ。ナマの匂いがないと燃えないので」

涼太は勃起しながら言い、ブラとショーツだけの姿になっている彼女の手を引いてベッドに誘った。

「まあ、前の彼なんか、隅々まで丁寧に洗わないとしてくれませんでした」

「それはナマの匂いの良さが分からないガキだったんだよ」

「でも、かなり汗臭いですよ。それに歯磨きもしないと、昼食はガーリックの効いたパスタだったし」

香織がモジモジして言うと、さらに彼は期待に勃起した。通常は彼女も食後にちゃんと歯磨きをするだろうが、今日は完全な自主トレだったようでケアを怠ったらしい。

「いいよ、とにかく脱ごうか」

涼太は言って彼女のブラを外し、ショーツも下ろした。

「ああ……」

一糸まとわぬ姿になってベッドに横たえると、香織は羞《は》じらいと戸惑いに声を洩らした。確かに小麦色の肌は汗ばみ、寝室内に籠もる匂いより新鮮な体臭が生ぬるく揺らめいた。

涼太も腰のタオルを取り去り、仰向《あおむ》けの香織の肢体を観察した。

奈緒子や理沙に比べれば、それほど乳房は大きくはないが、実に形良く張りがありそうだった。

そして体操選手だけあり、肩や二の腕は逞しく、引き締まったウエストには腹筋が段々に浮かんでいた。

太腿も逞しく筋肉が付き、スラリと長い脚も実に形良かった。

涼太は屈《かが》み込み、薄桃色のコリコリ硬くなっていく乳首にチュッと吸い付き、舌で転がした。

「アアッ……！」

香織がビクッと反応し、熱く喘いだ。同時に生ぬるく甘ったるい汗の匂いが悩ましく揺らめいてきた。感度が良いらしく、どこに触れても彼女はクネクネと身悶え、たちまち燃え上がってきたようだった。

もう片方の乳首も含んで舐め回し、左右を充分に味わうと、涼太は香織の腕を差し上げ、ジットリ汗ばんだ腋の下に鼻を埋め込んでいった。

「あう、汗臭いのに……」

また彼女が敏感に肌を震わせて言い、涼太はスベスベの腋に鼻を擦りつけ、甘ったるい汗の匂いを貪ってから舌を這わせた。

もちろん運動系の元彼などこんな部分は舐めず、しゃぶらせるか突っ込むしかい能は無いだろうから、香織も新鮮な感覚に、くすぐったそうにクネクネと身をよじって息を弾ませた。

充分に嗅いでから脇腹を舌で這い下り、引き締まった腹部を舐め回し、臍にも舌を挿し入れて蠢かせた。

ピンと張り詰めた下腹にも顔中を押し付けて弾力を味わい、腰からムッチリした太腿に降りていった。

さすがに見られる仕事だから脛もツルツルで、実に滑らかな舌触りだった。

逞しく大きめの足裏に行くと、踵《かかと》は硬く、土踏まずはやや柔らかだった。

舌を這わせ、太く長くしっかりした足指の間に鼻を割り込ませて嗅ぐと、やはりそこは生ぬるい汗と脂に湿り、ムレムレの匂いが濃く沁み付いていた。

涼太は美人アスリートの足の匂いを貪ってから、爪先にしゃぶり付いて全ての指の股に舌を挿し入れて味わった。

「あう、ダメ……、汚いから……」

香織は、また驚いたように呻いて言い、足指で彼の舌先を挟み付けてきた。

彼も執拗に貪り、もう片方の爪先もしゃぶって指の間を味わった。

香織は初めての体験に、パニックを起こしたように身悶え、やがて彼は脚の内側を舐め上げ、股間に顔を進めていった。

4

「もっと力を抜いて、大きく広げて」

滑らかな内腿を舐め上げながら涼太が言うと、

「アア……、は、恥ずかしい……」

香織は少女のように嫌々をして腰をよじった。多くの観客を前にした体操競技ではいくらでも股を開いたのに、今は一人の男の顔の前で激しい羞恥に包まれているようだ。

涼太は割れ目を後回しにし、オシメでも替えるように彼女の両脚を浮かせて尻の谷間に向かった。

左右の尻の丸みに舌を這わせ、水蜜桃《すいみつとう》にでもかぶりつくように歯を当てると、

「アッ……！　ダメ……」

尻も感じるように、香織が声を上げて浮かせた脚を震わせた。

谷間にひっそり閉じられたピンクの蕾に鼻を埋め込むと、汗の匂いに混じり、やはり秘めやかな匂いが籠もって鼻腔を悩ましく刺激してきた。

彼は匂いを貪ってから舌を這わせ、細かな襞を濡らしてヌルッと潜り込ませ、滑らかな粘膜も味わった。

「く……！」

香織が息を詰めて呻き、モグモグと肛門で舌先を締め付けてきた。

涼太は内部で舌を蠢かせ、彼女の力が抜けたら脚を下ろして左右全開にさせ、顔を割れ目に寄せて観察した。

やはり恥毛ははみ出さないよう、ほんのひとつまみほどに処理されており、割れ目からはみ出した陰唇を指で広げると、中は綺麗なピンクの柔肉。膣口が息づき、大きめのクリトリスが突き立って、大量の蜜にまみれていた。

堪らず恥毛の丘に鼻を押し付けて擦りつけ、隅々に籠もった汗とオシッコの匂

いを嗅ぎながら舌を挿し入れていった。

淡い酸味のヌメリを掻《か》き回し、膣口からクリトリスまで舐め上げていくと、

「アアッ……！」

香織がビクッと顔を仰け反らせて喘ぎ、内腿でキュッときつく彼の両頬を挟み付けてきた。

涼太はチロチロとクリトリスを弾《はじ》くように舐め、チュッと吸い付き、生ぬるい体臭に噎《む》せ返りながら溢れた愛液をすすった。

さらにクリトリスを吸いながら指を濡れた膣口に押し込み、小刻みに内壁を擦りながら、さらに左手の指先も肛門に当ててくすぐった。

そして指の腹で膣内の天井、Ｇスポットを圧迫すると、

「あう、ダメ、オシッコ漏れちゃう……！」

香織が声を上ずらせ、懸命に腰をくねらせて彼の顔を股間から追い出しにかかった。

「いいよ、漏らしても」

「ダメよ、もう止めて……」

とうとう香織が身を起こし、涼太の顔を追い出して股を閉じると横向きになっ

てしまった。

涼太も充分に味わったので這い出し、添い寝して仰向けになった。

「今度は僕にして……」

香織の顔を胸に抱き寄せて言うと、彼女もこれほど長く強烈な愛撫を受けたのは初めてらしく、荒い息遣いが止まらないまま、朦朧として彼の乳首にチュッと吸い付いてきた。

受け身になった涼太は、肌をくすぐる熱い息と美女の舌のヌメリに興奮を高めていった。

「嚙んで……、あう、強すぎ……」

言うと香織が力任せに乳首を嚙んだので、彼もビクリと反応して言った。すると彼女も、力を弱めてキュッキュッと歯で愛撫してくれた。

そして左右の乳首を舌と歯で愛撫し、香織は涼太の肌を舐め降りていった。

大股開きになると、彼女が真ん中に腹這いになって顔を寄せたので、涼太は自ら脚を浮かせて抱え、尻を突き出した。

すると香織も、厭《いと》わず彼の肛門をチロチロと舐め、浅く潜り込ませた。

「あう、気持ちいい……」

涼太は、ヌルッとした美女の舌先を肛門で締め付けて呻いた。熱い鼻息が陰嚢をくすぐり、中で舌が蠢くと、屹立したペニスが内側から刺激されるようにヒクヒクと上下した。

ようやく脚を下ろすと、香織も自然に肛門から陰嚢に舌を移動させ、袋を舐めて二つの睾丸《こうがん》を転がしてくれた。

そしてせがむように幹を震わせると、いよいよ香織も舌先でペニスの裏側をゆっくり舐め上げてきた。

滑らかな舌先が先端まで来ると、彼女は粘液の滲《にじ》む尿道口をチロチロと舐め、張りつめた亀頭にもしゃぶり付いてくれた。

そのままスッポリと喉の奥まで呑み込み、熱い鼻息で恥毛をくすぐり、頬をすぼめてチューッと吸い付いた。口の中ではクチュクチュと舌が蠢き、たちまちペニスは美女の生温かな唾液にまみれた。

快感に任せてズンズンと股間を突き上げると、

「ンン……」

喉の奥を突かれて呻きながら、香織も顔を上下させ摩擦してくれた。

「い、いきそう、跨いで入れて……」

やがて、充分に高まった涼太が言うと、香織もスポンと口を引き離し、身を起こして前進してきた。

女上位は抵抗もないようで、すぐにも跨がり、唾液に濡れた先端に割れ目を押し付けた。そして位置を定めると息を詰め、ゆっくり腰を沈み込ませて根元まで受け入れていった。

「アアッ……。いいわ……」

ヌルヌルッと嵌《は》め込んで座り込むと、香織は顔を仰け反らせて喘いだ。

涼太も肉襞の摩擦と熱いほどの温《ぬく》もり、きつい締め付けに包まれながら快感を嚙み締めた。

香織は脚をM字にさせてしゃがみ込み、スクワットするように腰を上下させ、強烈な摩擦を開始してくれた。

クチュクチュと淫らに湿った音が響き、幹を伝って溢れた愛液が彼の陰嚢から肛門の方にまで伝い流れてきた。

やがて脚が疲れたか、香織が両膝を突くと、涼太は両手を伸ばして抱き寄せて身を重ねさせた。

彼は両膝を立て、香織の尻の感触も太腿で感じながら顔を引き寄せ、ピッタリと唇を重ねていった。

「ク……」

彼女が小さく呻き、涼太は密着する唇の感触を味わいながら舌を挿し入れた。

滑らかな歯並びを舌先で左右にたどり、引き締まった歯茎まで探ると、ようやく彼女も歯を開いて侵入を受け入れた。

互いの舌が触れ合い、チロチロとからみ合った。

滑らかな唾液のヌメリと熱い息を吸収し、涼太がズンズンと股間を突き上げはじめると、

「アア……、い、いきそう……！」

香織が苦しげに口を離し、淫らに唾液の糸を引いて喘いだ。

口から吐き出される熱い息は、基本は理沙のように甘酸っぱい果実系だが、今はほのかなガーリック臭が混じり、その刺激が悩ましく鼻腔を満たしてきた。

ケアした美女の単なる淡い芳香より、ナマの刺激的な匂いの方が秘密を握ったような興奮が得られ、彼は喘ぐ口に鼻を押し付けて嗅ぎながら突き上げに勢いをつけていった。

「ね、唾を飲ませて」

囁くと、香織は絶頂を迫らせながらも懸命に分泌させ、白っぽく小泡の多い唾液をクチュッと吐き出してくれた。

それを舌に受け、うっとりと飲み込みながら動きを速めると、

「い、いっちゃう……、気持ちいいッ……、アアーッ……！」

たちまち香織は声を上げ、大きなオルガスムスに達してガクガクと狂おしい痙攣を開始した。

膣内の艶めかしい収縮に巻き込まれると、続いて涼太も絶頂の快感に貫かれ、ありったけの熱いザーメンをドクンドクンと勢いよく柔肉の奥にほとばしらせてしまった。

「あう、もっと……！」

噴出を感じた香織も駄目押しの快感に口走り、飲み込むようにキュッキュッときつく締め付け続けた。

涼太も心置きなく快感を嚙み締め、最後の一滴まで出し尽くして、徐々に突き上げを弱めていった。

「アア……、いっちゃったわ。こんなにすごいの初めて……」

香織も満足げに声を洩らすと、そのまま力を抜いてグッタリともたれかかって

きた。

涼太は、まだ息づく膣内に刺激され、ヒクヒクと過敏に幹を上下させた。

そして熱く湿り気のある、美人アスリートの悩ましい息の匂いで鼻腔を満たし、うっとりと快感の余韻に浸り込んでいったのだった。

5

「すごく感じたわ。元彼では、挿入でいくことなんかなかったのに……」

二人でバスルームに入り、全身を洗い流しながら香織が言った。

「そう、セックスは体力ばかりじゃないからね」

「ええ、長く舐められただけで何度もいきそうになっちゃったし……」

やっと彼女も、挿入前の繊細な愛撫が必要だということを身をもって知ったようだった。

「すごいわ。もうこんなに勃《た》っているわ……」

香織が、涼太の回復を知ると目を丸くして言った。

「うん、もう一回したい」

「じゃ、歯を磨かせて」

香織は、全身を洗ってほっとし、歯ブラシを手にして言った。

「じゃ、せめて歯磨き粉を付けないで」

「ハッカの匂い苦手なんですか？　でも磨ければいいです」

香織は言い、ブラシに何も付けずに歯を磨いた。

「飲ませて」

「あう……」

磨き終えると涼太は言って唇を重ね、歯垢《しこう》混じりの唾液をすすって飲み込んでしまった。

香織もさすがに嫌がって顔を引き離し、シャワーの湯で口をすすいだ。

「もう、恥ずかしいことばっかりさせて……」

「それより、さっき指と舌でいじってるときオシッコ漏れそうと言ってたけど、出してみて」

涼太は床に座ったまま、目の前に香織を立たせ、片方の足を浮かせバスタブのふちに乗せさせて言った。

「ああ……、すっかり忘れていたけど、すぐ出ちゃいそう……」

香織も、あまりの快感に尿意を忘れていたようだが、いま言われて思い出したらしい。

涼太が開かれた股に顔を埋《うず》めて舐めると、もう恥毛の隅々に籠もっていた濃厚な匂いは薄れていたが、新たな愛液がトロトロと湧き出してきた。

「ダメよ、離れて……」

「いいよ、このまま出して」

香織が言ったが、もちろん涼太は腰を抱え、舌を這わせながら答えた。

すると、たちまち中の柔肉が迫《せ》り出すように盛り上がり、味わいと温もりが変化し、ポタポタと温かな雫《しずく》が滴ってきた。

「アア……、ダメ……、本当に出ちゃう……」

彼女は息を詰めて言い、間もなくチョロチョロとした流れがほとばしって涼太の口に注がれた。

味と匂いは淡いもので、すんなり飲み込むことが出来たが、急激に勢いが増したので口から溢れ、温かく胸から腹に伝い流れ、回復したペニスを心地よく浸していった。

「あうう……、信じられないわ、こんなこと……」

香織が放尿しながら言い、ガクガクと膝を震わせた。

やがて勢いが衰え、完全に出し切ってしまうと、涼太は残り香の中で舌を這わせ、余りの雫をすすった。

すると、すぐに新たな愛液がヌラヌラと大量に溢れ、残尿を洗い流して淡い酸味のヌメリが満ちていった。

そして彼女は足を下ろしてクタクタと座り込み、涼太も身体を抱き留め、もう一度シャワーの湯で互いの全身を洗い流した。

涼太は香織を支えながら一緒に立ち上がり、身体を拭くと全裸のまま二人でベッドに戻っていった。

「ね、ブリッジして見せて」

涼太はベッドに座り、目の前に香織を立たせて腰を抱え、割れ目を舐めながら言った。すると彼女は上体を反り返らせ、割れ目を舐められながらブリッジをし、さらに彼のペニスにしゃぶり付いてきたのだ。

何とも変則的なシックスナインで、人の身体とはここまで柔らかくなるのだと感心した。

「ンン……」

香織が熱く呻いて亀頭を吸い、舌をからめた。

涼太も割れ目を舐め、やがて無理させてはいけないと思い、口を離して仰向けになった。すると香織はしゃぶり付いたまま倒立するように両脚を浮かせて着地し、通常のフェラの体勢になった。

「ああ、気持ちいい……、このままお口に出してもいい？　それともまた入れた方がいいかな？」

快感を高めて言うと、香織がチュパッと口を引き離した。

「入れて……、今度は私が下になりたいわ……」

彼女が答え、仰向けになってきたので、涼太も入れ替わりに身を起こし、正常位で股間を進めていった。

割れ目は、すでに充分すぎるほど新たな愛液にまみれていた。

先端を押し付け、肉襞の摩擦を味わいながらヌルヌルッと根元まで押し込んでいった。

「アアッ……！」

香織もうっとりと喘ぎ、両手を伸ばして彼を抱き寄せてきた。

涼太は股間を密着させ、温もりと感触を嚙み締めながら身を重ねていった。

まだ動かず、上から唇を重ねて舌をからめると、

「ク……」

香織が小さく呻いて彼の舌を吸い、両手でしがみつきながら股間を突き上げはじめた。涼太も合わせて腰を突き動かしはじめると、

「ああ……、いい気持ち……」

香織が口を離して喘いだ。

開いた口に鼻を押し込んで嗅ぐと、もう微《かす》かだったガーリック臭もほとんど薄れ、甘酸っぱい果実臭が淡く感じられるだけだった。

「匂いが薄れちゃった……」

「あん、さっきはきつかったのでしょう……？」

「うん、その方が綺麗な顔とのギャップ萌えで感じたのに」

囁くと、香織は激しい羞恥を覚えたか、キュッと膣内がきつく締まった。

そして愛液も粗相したように大量に溢れて互いの動きを滑らかにさせ、また淫らな摩擦音が聞こえてきた。

彼もいつしか、股間をぶつけるように激しく突き動かして高まった。

揺れてぶつかる陰嚢まで生温かく濡れ、彼女の突き上げも激しくなった。

「い、いきそう……！」

香織が口走り、彼を乗せたまま何度かブリッジするように身を反り返らせた。

二人分の動きと重みでベッドがギシギシと鳴り、膣内の収縮で彼女の高まりも伝わってきた。

「ね、耳舐めて……」

と、香織が言うので涼太も動きながら耳に口を当て、髪の匂いを嗅ぎながら舌を挿し入れて蠢かせた。

「あう、いきそう……、噛んで……」

さらに香織がせがむので、涼太はキュッと耳たぶを噛んだ。

やはり過酷な運動に明け暮れているから、ソフトな愛撫より痛いぐらいの方が感じるのかも知れない。

「も、もっと強く……、いく……、アアーッ……！」

たちまち香織はオルガスムスに達してしまい、彼の口を振り切るようにガクガクと狂おしく悶えた。同時に涼太も、膣内の収縮と締め付け、跳ね上がり躍動する肉体の上で絶頂に達してしまった。

彼女がブリッジするたび、彼は暴れ馬にしがみつく思いで股間を合わせて突き動かした。

大量のザーメンが勢いよくほとばしり、奥深い部分を直撃すると、

「あう、熱い……！」

感じた香織は駄目押しの快感に呻き、さらにキュッときつく締め付けてきた。

涼太は彼女の口に鼻を擦りつけ、吐息と唾液の匂いを貪りながら腰を動かし、心置きなく最後の一滴まで出し尽くしていった。

すると彼女も舌を這わせ、涼太の鼻をしゃぶりながら熱く喘ぎ、やがてグッタリと身を投げ出していった。

涼太は律動を止め、遠慮なく体重を預けて力を抜き、彼女の耳元で荒い呼吸を繰り返した。

「アア……、良かった……」

香織も両手を離して言い、魂が抜けたように硬直を解いて息を弾ませた。

膣内の収縮も満足げに治まり、それでも彼がピクンと過敏に幹を震わせると、応えるようにキュッと締め付けてきた。

「アア……、もう夢中になりそうだわ……」

香織が声を震わせて言い、下から熱っぽく薄目で彼を見上げてきた。

「うん、また溜まったらいつでも欲求をぶつけ合おう」

涼太も答え、ようやく股間を引き離した。

そして添い寝し、香織の匂いと温もりに包まれながら、うっとりと快感の余韻を嚙み締めたのだった。

第四章　二人がかりのめくるめく夜

1

「こちらが、私より一級上の菅井真希さん」

理沙が、先輩を涼太に紹介した。彼女の家で、奈緒子は仕事仲間との旅行で今夜は不在らしい。

「よろしく、大村です。もう怪我《けが》は大丈夫？」

涼太も、可憐《かれん》な真希に見惚《みと》れながら自己紹介した。

先日は、真希がバイク事故で緊急入院したため、理沙が見舞いに行ってしまい図らずも涼太は奈緒子と二人きりになれたのだ。

だから初対面でも、彼は真希に非常に感謝していた。

「ええ、すっかり治りました。よろしくお願いします」

原付に乗っている割りに、真希は大人しげな印象だった。ボブカットで目が大きく、今は清楚《せいそ》な服装だが、何やらゴスロリでも似合いそうで、クラスに一人はいる不思議少女といった感じである。

理沙より一級上で、真希はもう二十歳になっていた。二人は同じ女子高で、その頃から仲良しだったらしい。

今日は理沙から、一泊で来てほしいとメールがあったのだ。

奈緒子はいないし、明日は休日である。

もう六時過ぎで、リビングのテーブルには飲み物やデリバリーの料理も並んでいた。

実は真希は、二十歳の今も処女らしく、理沙が涼太とのことを話すと、自分も初体験をしてみたいと言ったらしい。それで理沙も、彼を独占するでもなく、快く涼太を貸すことにしたのだ。

涼太も、もちろん激しい淫気を湧かせて承諾し、何やら自分が美少女の快楽の道具として、先輩に貸し出されることにも興奮した。

やがて三人はテーブルを囲み、まず食事をした。

涼太と真希は缶ビールで、理沙はコーラだ。そしてフライドチキンやポテト、コールスローなどをつまみながら話した。

「真希ちゃんは、今まで男と付き合う機会はなかったの？」

涼太は訊《き》いた。真希も、涼太が初体験の相手として嫌ではないらしく、それを思うと早くも股間が熱くなってしまった。

「ええ、女子高時代は全くなかったです。大学に入ってからも、合コンなんかは苦手で、私も理沙と同じ年上の大人の人が好きです」

真希が静かに答えた。

理沙の文芸と違い、真希は西洋史専攻らしい。

「それに男より、理沙と一緒に女同士で悪戯《いたずら》している方が楽しかったので」

「わあ、二人でしたことがあるんだ」

涼太は、もう我慢できず勃起しながら訊いてみた。

「ええ、でもキスしたり、アソコをいじり合うだけで、裸になったことはないしアソコを見たこともないんです」

真希は正直に答え、理沙も二人の秘密を話されるのは嫌ではないらしい。

それで、とびきり可憐な二人は処女を保っていたのだろう。

「でも、初体験をしてみたいんだね？」

「ええ、理沙がしたのなら、同じ人としてみたいです」

真希が、神秘的な眼差《まなざ》しでじっと彼を見つめながら言った。

やがて互いに缶ビールが空いたので、赤ワインに替えて飲み、料理を片付けていった。理沙は期待と好奇心に目をキラキラさせ、真希も静かに燃えているようだった。

そして、あらかた料理が片付くと三人の期待も高まり、涼太は切り出した。

「じゃ、僕は先にシャワーを使っていいかな」

「ええ、二人で二階のお部屋で待ってますね」

言うと、理沙は彼の性癖を心得、自分たちは浴びないまま部屋で待機してくれるようだ。

涼太は一人で脱衣所に入り、服を脱いだ。すでに理沙が、バスタオルを用意してくれていた。

奈緒子の留守中に、いい大人が勝手に二人の女性を相手にするのも後ろめたいが、言いようのない興奮が湧いていた。

念のため洗濯機を覗《のぞ》いたが、奈緒子の下着などは入っていなかった。もっともここで嗅いでうっかり暴発してしまったら元も子もない。とにかく奈緒子のものらしい赤い歯ブラシを勝手に借りて、彼はバスルームに入った。

そして全身を洗い流して歯を磨き、放尿も終えてさっぱりしてバスルームを出ると身体《からだ》を拭き、タオルを腰に巻いた姿で二階に上がっていった。

ドアが開いていたので、理沙の部屋はすぐ分かった。

二人はベッドに座って段取りでも話し合っていたのだろう。彼が入ると立ち上がって迎えてくれた。

六畳ほどの洋間で机と本棚、あとはベッドがあるだけだ。

室内には、二人分の甘ったるい体臭が生ぬるく籠もり、その刺激が鼻腔《びこう》からペニスに伝わっていった。

「じゃ、脱ぐので横になってて下さいね」

理沙が言うので、涼太は腰のタオルを外してベッドに仰向《あおむ》けになり、枕に沁《し》み付いた美少女の匂いを嗅ぎながら、二人が脱いでいく様子を眺めた。

理沙も真希も、ためらいなく服を脱ぎ去っていった。

ら愛くるしい理沙より、真希はやや長身。胸の膨らみは同じぐらいで、どちらも瑞々《みずみず》しい滑らかな肌をしていた。もちろん真希の肌に、怪我の痕跡などは見当たらなかった。

それにしても、まさか自分の人生で、二人目の処女を頂ける日が来ようとは夢にも思っていなかったものだ。

そもそも理沙や奈緒子と懇《ねんご》ろになれたのが奇蹟《きせき》のようなもので、その幸運はまだまだ続いているらしい。

やがて最後の一枚を脱ぎ去ると、二人とも一糸まとわぬ姿になった。一人は間もなく十九になる一年生、もう一人は二十歳になったばかりの二年生だ。

理沙が天井の蛍光灯を消したが、机のスタンドが点《つ》き、ベッドの枕元にある灯《あか》りも点いているので、観察には充分な明るさがあった。

「ああ、男の人の身体だわ……」

真希が言い、感無量といった感じで彼の脚を撫《な》で回してきた。

「じゃ、ここを見て」

理沙が先輩ぶって言い、涼太を大股開きにさせて腹這《はらば》いになった。すると真希も同じようにし、二人で頬を寄せ合ってペニスに迫ってきたのである。

「すごいわ。勃《た》ってる……」

真希が熱い視線を這わせ、ペニスと陰嚢《いんのう》を観察しはじめた。

「ここが急所で、玉が二つ入っているわ」

理沙が説明して触れると、真希もそっと指を這わせてコリコリといじった。

そして袋をつまんで肛門《こうもん》の方まで覗いてから、いよいよ幹を撫で上げてきた。

「ああ……」

涼太は二人の熱い視線と息を感じながら喘《あえ》ぎ、ヒクヒクと幹を上下させた。

「硬いわ。こんなに大きなのが入るのね」

「ええ、入れる前にうんと濡《ぬ》れれば入るわ。最初は少し痛いけど、しているうちに良くなってくるの」

理沙が体験者らしく言い、二人は遠慮なく亀頭をいじった。

「濡れてきたわ。これは精子かしら」

「これは気持ちいいときに出る潤滑油で、本当に出るときは勢いよく飛ぶの」

二人が頬を寄せ合い、ヒソヒソ話し合っているのは不思議な光景だった。

涼太は全く不在で、単に道具が寝転がっているだけのようだ。

すると、理沙がその道具に話しかけてきた。

「ね、大村さん。すぐ出ちゃいそう？」

「あ、ああ、一度出しちゃった方が落ち着くので、その方が助かるんだけど」

訊かれて答えると、どうやら二人もその気になったらしい。それに研究熱心な真希は射精に立ち合いたいのだろう。

「じゃ、我慢しないで出しちゃって下さいね」

理沙が言うなり顔を埋《うず》め、まずは陰嚢に舌を這わせてくれた。

すると真希も割り込み、一緒になって舐《な》め回し、それぞれの睾丸《こうがん》を舌で転がしはじめてくれた。

「ああ……」

涼太は妖しい快感に喘ぎ、股間に二人分の熱い息を感じて高まっていった。

さらに理沙が彼の両脚を浮かせ、肛門を舐めてくれたのだ。チロチロと舌が這い回り、ヌルッと潜り込んでくると、

「く……！」

涼太は思わず呻《うめ》き、美少女の舌先を肛門でキュッと締め付けた。

彼女が蠢《うごめ》かせてから離れると、すかさず真希も同じように舐め、侵入させてきたのだ。

立て続けに舌が潜り込んだが、それでも微妙な感触の違いが伝わり、それぞれに興奮した。

内部で真希の舌が蠢くと、幹がヒクヒクと上下した。

やがて彼女が舌を引き離すと、涼太の脚を下ろし、二人は同時にペニスの裏側と側面を舐め上げてきたのだった。

2

「ああ……、気持ちいい……」

涼太は、二人分の舌の感触に喘いだ。相手が二人だと、絶頂も倍の速さで押し寄せてきそうだった。

先端まで来ると、先に理沙がチロチロと尿道口の粘液を舐め取り、続いて真希も嫌がらず舌を這わせてきた。

果ては、混じり合った熱い息を股間に籠もらせながら同時に亀頭を舐め回してきた。女同士のキス体験もあったようだから、互いの舌が触れ合うことも気にならないようだ。

やがて理沙が、手本を示すように亀頭を含み、喉の奥まで呑《の》み込んでチューッと吸い付き、チュパッと引き離すと、すぐに真希も同じように深々と含んで、吸いながら引き抜いてくれた。

もう涼太は、どちらの口に含まれているか分からないほどの快感に朦朧《もうろう》となっていった。

口の中の温《ぬく》もりや舌の蠢きは微妙に異なるが、どちらも実に心地《ここち》よく、まるで二人の美しい獣にペニスを貪られているようだった。

さらに二人は交互にしゃぶり付きながら、顔を上下させてスポスポと強烈な摩擦を繰り返してきた。

我慢しないで良いと言われているが、やはり少しでも長く味わっていたいので涼太は肛門を引き締めて懸命に堪《こら》えた。

それでも二人は吸い出すように濃厚な吸引を代わる代わる行い、たちまち限界が来てしまった。

「い、いく……！」

突き上がる絶頂の快感に全身を貫かれ、彼は口走りながら、熱い大量のザーメンをドクンドクンと勢いよくほとばしらせてしまった。

「ク……、ンン……」

ちょうど含んでいた真希が、喉の奥を直撃されて呻き、驚いたように口を引き離した。

「飲んでね」

理沙が言い、すかさず亀頭を含んで余りを吸い出してくれた。

涼太もズンズンと小刻みに股間を突き上げ、美少女の口の中に心置きなく最後の一滴まで出し尽くしてしまった。

「ああ……」

涼太は満足して声を洩《も》らし、グッタリと身を投げ出したが、いつまでも強烈な快感と興奮に胸の動悸《どうき》が治まらなかった。

ようやく理沙も舌の動きと吸引を止め、亀頭を含んだまま口に溜《た》まったザーメンをコクンと飲み干してくれた。

「あう……」

口腔がキュッと締まり、彼は駄目押しの快感に呻いた。

もちろん真希も、第一撃の最も濃いザーメンを息を詰めて呑み込んでくれたようだ。

理沙が口を離し、なおも幹をしごいて余りを絞り出し、尿道口に脹《ふく》らむ白濁の雫《しずく》まで二人して交互に舐め取ってくれた。

「あうう……、も、もういい、どうも有難う……」

涼太は降参するように言い、幹を過敏に震わせながらクネクネと腰をよじらせた。すると、やっと二人も舌を引っ込めて息をつき、チロリと淫らに舌なめずりした。

「生臭いわ。でも、生きた精子なのね……」

神秘を好む真希が、残り香を感じながら呟《つぶや》いた。

やがて二人が横になってきたので、涼太は余韻を味わう暇もなく、身を起こして場所を空けた。

二人は全裸で添い寝し、別にオルガスムスに達したわけではないのに息を弾ませて休憩しているようだ。

特に真希は、初めて男性器を見て触れ、ザーメンまで飲んでしまったのだからかなり興奮がくすぶっているようである。

涼太は、二人の足元に顔を移動させ、それぞれの足裏を舐め、指の股にも鼻を割り込ませ、ムレムレの匂いを貪った。

相手が二人いると、絶頂が倍の速さで来るが、回復もまた早く、すでにムクムクと勃起しはじめていた。

二人とも指の間は汗と脂に生ぬるく湿り、蒸れた匂いを濃く籠もらせていた。

「あん……」

爪先をしゃぶり、順々に指の股に舌を挿し入れていくと、真希がビクリと脚を震わせて喘いだ。涼太は二人分の足の匂いを貪り、全ての指の間を味わってしまった。

そして真希の脚の内側を舐め上げ、白くムッチリした内腿《うちもも》をたどり、股間に迫っていった。どうしても、まだ触れていない真希の方を先に味わいたい気持ちになった。

「アア……、恥ずかしい……」

大股開きにさせて顔を寄せると、真希は声を震わせながらも拒むことはしなかった。すると理沙が移動し、彼と一緒に真希の割れ目に顔を迫らせてきたではないか。

「綺麗《きれい》な色。私のもこう?」

理沙が彼に頬を寄せ、一緒に真希の割れ目を見ながら囁《ささや》いた。

「うん、理沙ちゃんのも同じぐらい綺麗で、クリトリスの大きさも大体一緒だよ」

涼太も、指で真希の陰唇を広げながら答えた。

「ああ……、そんなに見ないで……」

真希が、二人分の熱い視線と息を股間に感じて喘いだ。

柔肉は綺麗なピンクで、処女の膣口《ちつこう》は花弁状に襞《ひだ》が入り組んで息づいていた。

小さな尿道口も見え、包皮の下からは理沙と同じような小粒のクリトリスが、真珠色の光沢を放って顔を覗かせている。

ぷっくりした丘の若草も、楚々《そそ》として上品な生え具合だった。

そして割れ目全体はヌラヌラと清らかな蜜にまみれ、初めてのめくるめく体験を待っているようだった。

もう我慢できず、彼は顔を埋め込み、柔らかな恥毛に鼻を擦《こす》りつけて嗅いだ。

やはり甘ったるい汗の匂いが大部分で、それにオシッコの匂いとほのかなチーズ臭が混じって、悩ましく鼻腔を刺激してきた。

舌を這わせると、陰唇の表面は汗かオシッコか判然としない微妙な味わいがあり、内部に挿し入れるとヌルリとした淡い酸味の潤いが感じられた。

「アアッ……！」

無垢《むく》な膣口からクリトリスまで舐め上げると、真希がビクッと身を反らせて喘いだ。

涼太は味と匂いを貪りながらクリトリスを舐め、溢《あふ》れる蜜をすすった。

「私も……」

理沙が言い、彼が顔を離すと恐る恐るクリトリスをチロリと舐めた。

「あう、今のは理沙……？」

真希が白い下腹をヒクヒク波打たせて言う。

理沙も、嫌でないらしく次第に大胆にペロペロとクリトリスを舐め、溢れる愛液を味わった。

やがて理沙が口を離すと、涼太は真希の両脚を浮かせ、形良い尻に迫った。

指で谷間を広げると、ややグレイがかったピンクの蕾《つぼみ》が細かな襞を揃《そろ》えてひっそり閉じられていた。

鼻を埋めて嗅ぐと、汗の匂いと生々しい微香がほんのり籠もり、悩ましく鼻腔を刺激してきた。涼太は胸いっぱいに嗅いでから舌を這わせ、襞を濡らしてヌルッと潜り込ませた。

「あう……、ダメ……」

真希が違和感に呻き、キュッと肛門を締め付けてきた。

涼太は舌を蠢かせ、滑らかな粘膜を味わってから舌を引き離した。すると理沙も同じようにし、舌を挿し入れて蠢かせた。

「ダメよ、そこは恥ずかしいから……」

真希が声を上ずらせ、浮かせた脚を震わせた。

ようやく理沙が口を離すと、真希が彼女の手を引いて引っ張り上げた。

そして自分が身を起こし、理沙を大股開きにさせると、涼太と一緒に股間に顔を寄せたのだ。

「アア……」

やはり理沙も、二人分の視線を受けて声を洩らした。

「濡れているわ……、でも綺麗で美味《おい》しそう……」

真希が言い、理沙の陰唇を指で広げて中身にも目を凝らした。

もう無垢ではなく、快感が芽生えはじめた膣口が息づき、柔肉全体はトロリとした蜜が満ち溢れていた。

「じゃ、お尻からね」

涼太は言って、先に理沙の両脚を浮かせ、谷間の蕾に鼻を埋め込んでいった。

やはり真希と同じように、汗の匂いと微香が混じって籠もり、彼は匂いを貪ってから舌を這わせ、ヌルッと潜り込ませて粘膜を味わった。

「あう……」

理沙も呻き、キュッと肛門で舌先を締め付けてきた。

涼太は充分に味わってから舌を引き離すと、真希も厭《いと》わず同じように舌を這わせ、挿し入れていった。

3

「ああン……、変な感じ……」

理沙は、同性に肛門を舐められていると知って喘ぎ、浮かせた脚を震わせた。

やがて真希が舌を引き離すと、今度は涼太が理沙の割れ目に顔を埋め、若草に鼻を擦りつけて汗とオシッコの匂いを貪った。

舌を這わせると、真希以上に淡い酸味の愛液が溢れ、舌の動きを滑らかにさせた。そして膣口からクリトリスまで舐め上げていくと、

「アアッ……、いい気持ち……！」

理沙がビクッと顔を仰《の》け反《ぞ》らせて喘いだ。

涼太が、味と匂いを堪能《たんのう》してから顔を引き離すと、真希もすぐに顔を埋めて舌を這わせた。

やはり女同士だから感じる部分も知っていて、真希は執拗《しつよう》に舌先でクリトリスを舐め回し、時にチュッと吸い付いていた。今までレズごっこをしながらも、いつかこうしたハードな行為も想像していたのだろう。

「ああ……、ダメ……、いきそう……」

理沙が、真希に舐められていると知ってクネクネと腰をよじって喘いだ。

やがて真希も、彼女が果てる前に股間から顔を引き離し、再び女同士で添い寝していった。

涼太は並んで寝ている二人の下腹から臍《へそ》を舐め、形良いオッパイに這い上がっていった。

先に真希のピンクの乳首に吸い付いて舌で転がし、顔中で柔らかな膨らみを味わった。もう片方も含んで舐め回し、もちろん腋《わき》の下にも鼻を埋め込み、甘ったるい濃厚な汗の匂いで胸を満たした。

そして理沙の左右の乳首も味わい、同じように腋の匂いに酔いしれた。

「も、もういいわ。今度は私たちが……」

理沙が言って身を起こし、やがて涼太を真ん中に仰向けにさせた。

彼が身を投げ出すと、二人は左右から挟み付け、同時に両の乳首に吸い付いてきた。

「ああ……、嚙《か》んで……」

涼太は二人に乳首を舐められ、身悶《みもだ》えながらせがんだ。

二人も熱い息で肌をくすぐりながら、左右の乳首を舐め回して吸い、綺麗な歯並びでキュッと嚙んでくれた。

力加減も非対称で、どちらもゾクゾクするような刺激だった。

さらに二人は申し合わせたように彼の脇腹や下腹に下降し、交互に臍を舐め、腰から脚を舐め降りていった。

そして涼太がするように、二人は同時に彼の足裏を舐め、爪先にしゃぶり付いて、順々に指の間に舌を割り込ませてきたのである。

「あう……、いいよ、そんなこと……」

彼は申し訳ないような快感に悶えて言い、清らかな舌をそれぞれの足指で挟み付けた。

爪先は美女と美少女の唾液にまみれ、まるで生温かな泥濘《ぬかるみ》でも踏んでいるようだ。二人は厭わず隅々まで味わってから、彼を大股開きにさせて脚の内側を舐め上げてきたのだ。

内腿にもキュッと歯が立てられると、涼太はウッと息を詰めて硬直し、ダブルの刺激に勃起したペニスをヒクヒクさせた。

やがて二人は股間に達し、すっかり元の硬さと大きさを取り戻したペニスに迫ると二人で舌を這わせ、交互にしゃぶり付いて充分に亀頭を生温かな唾液にヌメらせた。

「じゃ、私から入れるから見ていてね」

と、理沙が言って身を起こし、真希も横へと見学に回った。

理沙は彼の股間に跨《また》がり、二人分の唾液に濡れた先端に割れ目を押し付け、位置を定めて腰を沈み込ませていった。

張りつめた亀頭が潜り込むと、あとは重みとヌメリで、ヌルヌルッと滑らかに根元まで受け入れた。

「アアッ……！」

理沙が完全に座り込み、顔を仰け反らせて喘いだ。

股間が密着し、肉襞の摩擦を受けたペニスはキュッと締め付けられた。

涼太も美少女の温かく濡れた柔肉に包まれ、激しい快感に高まったが、さっき二人の口に出したばかりだから暴発は免れ、次も控えているから我慢することにした。

理沙は彼の胸に両手を突っ張り、やや上体を反らせ気味にしながら小刻みに股間を上下させはじめた。

彼もズンズンと股間を突き上げると、溢れる愛液ですぐにも動きが滑らかになり、クチュクチュと卑猥《ひわい》な摩擦音が聞こえてきた。

「すごいわ、完全に入ってる……」

覗き込んだ真希が呟き、理沙は快感の高まりに合わせて動きを激しくさせていった。

もちろん痛みは克服し、むしろ真希が見ているせいか快感が倍加し、すぐにも果てそうなほど膣内の収縮が活発になっていった。

「い、いく……、気持ちいいわ、アアーッ……！」

たちまち理沙が声を上ずらせて喘ぎ、ガクガクとオルガスムスの痙攣《けいれん》を開始してしまった。

摩擦と収縮の中、彼は必死に絶頂を堪え、美少女の嵐が過ぎ去るのを待った。

「アア……、もうダメ……」

やがて理沙は口走り、力尽きてグッタリとなっていった。

そしてそれ以上の刺激を避けるように、懸命に股間を引き離して、そのままゴロリと横になった。

すると真希が身を乗り出して、理沙の愛液にまみれたペニスに跨がってきたのだ。恐る恐る先端を処女の膣口にあてがい、息を詰めてゆっくりと腰を沈み込ませていった。

張りつめた亀頭が潜り込み、処女膜が丸く押し広がると、

「あう……」

真希が微《かす》かに眉をひそめて呻き、あとは意を決して座り込んできた。

そんな様子を、横から理沙が余韻に浸りながら見守っていた。

涼太も、ヌルヌルッと幹を包む肉襞の摩擦と熱いほどの温もり、きつい締め付けを感じながら二人目の処女を嚙み締めた。

股間が密着すると、真希は顔を仰け反らせて声もなく、杭《くい》に貫かれたように硬

直していた。

しかし破瓜《はか》の痛みの中でも敏感らしく、中でヒクヒクと幹が震えると、

「アア……」

声を洩らし、上体を起こしていられなくなったように身を重ねてきた。

涼太は抱き留めると、僅かに両膝を立てて彼女の尻を押さえ、息づく膣内の収縮を味わった。

「大丈夫？」

「ええ、思っていたより痛くないわ……」

気遣って囁くと、真希が健気《けなげ》に答えた。

もっとも、すでに二十歳になっているし、理沙以上に性の快楽には貪欲だったらしく、オナニーで指の挿入もしてきたのだろう。実際理沙よりも楽そうな印象であった。

涼太は両手を回して彼女を固定しながら、探るようにズンズンと股間を突き上げはじめてみた。

「く……」

「痛かったら止《よ》すから言うんだよ」

「平気です、もっと続けて……」

訊くと真希が答え、合わせるように腰を動かしてきたのだ。

涼太も、いったん動くとあまりの快感に止まらなくなり、気遣いも忘れたように次第に勢いをつけてしまった。

そして下から唇を重ね、舌を挿し入れると、

「ンン……」

真希も小さく鼻を鳴らし、ネットリと舌をからみつけてきた。

生温かな唾液に濡れた舌が滑らかに蠢き、彼は清らかな唾液をすすりながら、真希の甘酸っぱい息を嗅いで高まった。

真希の吐息は、基本は理沙と同じく新鮮な果実臭だが、それにうっすらと鼻腔に引っかかるシナモン系の刺激が混じり、悩ましく胸に沁み込んできた。

すると、何と横から理沙も割り込むように唇を重ね、舌を差し出してきたのである。

涼太は二人とも抱え込み、それぞれの舌を舐め回し、混じり合った唾液でうっとりと喉を潤した。理沙は甘酸っぱい果実臭の息を弾ませ、彼は二人分のミックスされた吐息で鼻腔を湿らせ、もう堪《たま》らずに、激しく股間を突き上げはじめてし

まった。

「い、いく……！」

たちまち昇り詰めた涼太は、絶頂の大きな快感に口走りながら、ありったけの熱いザーメンをドクンドクンと勢いよく真希の奥にほとばしらせた。

「アア……！」

真希も噴出を感じ取ったように喘ぎ、キュッキュッときつく締め付けてきた。

涼太は心ゆくまで快感を嚙み締め、最後の一滴まで出し尽くし、徐々に突き上げを弱めていった。すると真希も破瓜の痛みが麻痺《まひ》し、力尽きたようにグッタリと彼にもたれかかってきた。

完全に動きを止めても、まだ膣内の収縮が続き、ペニスは過敏にヒクヒクと震えた。そして涼太は、二人分のかぐわしい息を胸いっぱいに嗅ぎながら、うっとりと快感の余韻を味わったのだった。

4

「もう血も止まっているわ。そんなに痛くなかったみたいね」

「ええ、次はもっと感じるかも知れないわ」

バスルームで、理沙と真希が身体を洗いながら話し合っていた。

涼太も全身を流し、バスルーム内に立ち籠める二人の体臭に、またムクムクと回復をはじめていた。

確かに真希の出血はほんの少量で、理沙の時よりも少なかった。この分では、すぐにも理沙に追いついて、二人とも完全に膣感覚での快感に夢中になってしまうことだろう。

「ね、ここに立って」

涼太は新たな欲望を湧かせて言い、床に座ったまま二人を両側に立たせた。

そして左右の肩に跨がらせ、股間を彼の顔に向けさせたのだ。

「どうするの」

「オシッコかけて」

「ええっ……？」

真希は驚いたようだが、経験済みの理沙が下腹に力を入れはじめたので、後れを取るまいと、戸惑いながらも尿意を高めはじめた。

「そうだ、出るところがよく見えるように、自分で指で広げて」

言うと、理沙が指で陰唇を広げてくれた。

それを見て、真希も羞恥と戦いながら指で割れ目を開き、処女を失ったばかりの膣口を覗かせた。

彼は左右に顔を向け、それぞれの割れ目を舐め回した。

湯に濡れて恥毛に籠もっていた濃い匂いは消えてしまったが、舐めると二人とも新たな愛液を湧き出させた。

「あう、出ちゃう……」

理沙が言うので、真希も焦って尿意を迫らせた。

理沙の割れ目に向いて舌を這わせると、柔肉が迫《せ》り出すように盛り上がり、味わいと温もりが変化し、すぐにもチョロチョロと温かな流れが彼の口に注がれてきた。

味も匂いも実に淡く、涼太は抵抗なく喉に流し込んだ。

「で、出るわ、いいのね……」

真希もためらいがちに言うので、そちらを向くと、ポタポタと雫が滴《したた》り、間もなくか細い流れが注がれてきた。

舌に受けると、こちらも匂いは薄く、清らかな味わいだった。その間も理沙の流れが肌を濡らし、温かく胸から腹を伝い、ペニスを浸していった。

涼太は交互に顔を向けて味わい、混じり合った匂いに包まれながらピンピンに勃起していった。

やがて二人が、ほぼ同時に放尿を終えると、涼太はそれぞれの濡れた割れ目を舐め回し、余りの雫をすすった。

「アア……、もうダメ……」

真希は割れ目から指を離し、立っていられないようにクタクタと座り込んできた。それを抱き留めると、また三人でシャワーを浴び、身体を拭いてバスルームを出た。

奈緒子も、自分の留守中に娘たちがこんなプレイをしているなど夢にも思っていないだろう。

全裸のまま二階のベッドに戻ると、涼太は仰向けになって屹立《きつりつ》したペニスを晒《さら》した。

「また勃っているわ。何回でも出来るの……?」

理沙がペニスを見て言った。

「あと一回だけ。そうしたら僕は帰るからね」

「まあ、泊まっていかないの？」

「うん、女子会の邪魔しちゃ悪いし、あとは二人でゆっくりお喋《しゃべ》りでもするといいよ」

涼太は答えた。さすがに奈緒子の留守中に一泊までする気はないし、二人がかりというあまりに強烈な体験だけに、食傷する前に帰宅して一人で振り返ってみたいのである。

「じゃ、あと一回はどんなふうにいきたい？」

理沙が無邪気に訊いてきた。

もう真希も、今夜は立て続けに挿入されるのは辛《つら》いだろう。理沙も満足しているようだし、さっきは口でしてもらったから、三度目は指で良いと思った。

「二人で挟んで、指でいじって」

彼が言うと、二人も左右から挟むように添い寝してきた。

そして同時にペニスをいじってくれ、涼太はまた三人で唇を重ねて舌をからめてもらった。

それぞれ滑らかに蠢く舌を舐め回し、混じり合った息で鼻腔を満たし、彼は贅《ぜい》沢《たく》な快感に高まった。

「唾をいっぱい吐き出して」

言うと、二人とも口をつぐんで懸命に唾液を分泌させてから、順番に彼の口にグジューッと吐き出してくれた。白っぽく小泡の多い粘液が二人分混じり合い、彼はうっとりと味わってから、心地よく喉を潤した。

「美味しいの？　味なんかないと思うけれど」

「うん、すごく美味しい。顔中にも吐きかけてヌルヌルにして……」

言うと、二人も唇に唾液を溜めてからペッと吐きかけてくれた。

湿り気ある甘酸っぱい息が鼻腔を刺激し、生温かな唾液の固まりが鼻筋や頬に降りかかった。

さらにそれを二人が舐めて塗り付けてくれるので、たちまち彼の顔中はミックス唾液でヌルヌルにまみれた。

その間も、二人の指と手のひらが巧みに亀頭をいじり回し、まるで美人姉妹が一緒にお団子でも丸めているように愛撫《あいぶ》してくれていた。

さらに、両耳の穴にも二人の舌が潜り込んで蠢いた。聞こえるのはクチュクチュいう二人の舌のヌメリだけで、まるで彼は頭の内部でも舐め回されているような錯覚に陥った。

そして耳たぶにもキュッと歯が立てられ、彼は幹を震わせて絶頂を迫らせた。

「いきそう、こうして……」

やがて涼太は再び二人の口で同時に鼻を覆ってもらい、熱くかぐわしいミックス吐息と唾液の匂いを胸いっぱいに嗅ぎながら、果実臭の渦の中で激しく昇り詰めてしまった。

「いく……、アアッ……！」

彼は口走ると同時に、大きな絶頂の快感に全身を貫かれ、ドクドクと熱いザーメンを噴出させた。

二人も心得、出し尽くすまで惜しみなく唾液と吐息を与えてくれ、指の蠢きも続行してくれた。

「ああ、気持ちいい……」

涼太は身悶えながら喘ぎ、心置きなく最後の一滴まで出し尽くしたのだった。

そしてグッタリとなると、二人はペニスから濡れた指を離して身を起こし、同時に屈《かが》み込んで亀頭をしゃぶってくれたのだ。

下腹に飛び散ったザーメンまで丁寧にすすり、チロチロと尿道口を舐められて彼はクネクネと過敏に腰をよじらせた。

「も、もういい……」

降参して言うと、ようやく二人も舌を引っ込め、あとはティッシュで彼の股間を綺麗にしてくれたのだった。

身を投げ出しながら彼は、こんなに贅沢な快感は一生に何度得られるのだろうと思った。

まして一人は元アイドルの娘である美少女、もう一人は処女なのだ。普通の男は、恐らく人生で一度も体験できないのではなかろうか。

充分に余韻を味わい、呼吸を整えると涼太は身を起こして服を着た。

「シャワー浴びずに帰るの？　顔中私たちの唾でヌルヌルよ」

「うん、二人の匂いを感じながら帰る」

彼は答え、身繕いを終えた。

もし泊まってしまったら、朝一番でも二人に濃厚な行為を求め、一日中ヘロヘロになってしまうことだろう。

二人も、彼が帰って女同士になったら、また快楽を与え合うかも知れない。彼との行為で、もうためらいも何もなくなっただろうから、あとはとことん気持ち良くなるに違いなかった。

そして機会があったら、また三人でしたいと思った。

「じゃ帰るね。どうも有難う」

涼太が言って部屋を出ると、理沙が全裸のまま施錠のため階下へ降り、玄関まで一緒に来た。そして別れ際に唇を求めたので、やはり理沙も本心は二人きりになりたいのだろうと思った。

やがて家を出ると、涼太は美少女の残り香の中で夜道を帰ったのだった。

5

「ね、奥の部屋へ行きましょう」

志保里が、同人誌の整理を終えて涼太に言った。

日曜、手伝ってほしいとメールで呼び出されたのだが、涼太も志保里の淫気を察しながら出向いてきたのだ。

来てみると、実際同人誌の方はほとんど整理など済んでおり、すぐにも彼女が奥の部屋に誘ったのだった。

もちろん涼太もその気で来ていたので、一緒に奥の密室に入った。まして日曜だから、普段以上に誰も来ることはない。

志保里は、それぞれの自宅やラブホテルなどでするのは好まないようだ。こうして日頃過ごしている日常の場所で、スイッチを切り替えたように淫靡《いんび》な雰囲気に浸るのが好きらしい。

実に、人それぞれ場所の好みというのもあるものだと思った。

それに神聖な学内で、淫らな格好や行為をすることに、彼女は激しく高まるのだろう。

もちろんサークル用の部屋と奥の小部屋の両方とも、内側からロックした。

「ああ、何でも好きなようにして……」

密室に移動すると、志保里はすぐにもメガネの奥で熱っぽい眼差しになり、粘つくような声で迫ってきた。

「じゃ、ここに乗って四つん這いになって」

涼太はソファに座り、目の前のテーブルを指して言った。

志保里も着衣のまま言われた通りテーブルに乗って、彼の方に尻を突き出してきた。

涼太はスカートの裾をめくり、パンストごとショーツを下ろして顔を寄せた。

大きな白桃のような尻が露《あら》わになり、谷間の蕾が覗いた。

彼は顔を埋め込み、密着する双丘の感触を味わいながら、ピンクの蕾に鼻を押し付けて嗅いだ。

生ぬるい汗と、秘めやかな匂いが混じって鼻腔を刺激し、彼は匂いを貪ってから舌を這わせ、細かな襞を濡らしてからヌルッと潜り込ませた。

「あう……、恥ずかしい……」

四つん這いで顔を埋めながら、志保里が呻いて、キュッと肛門で舌先を締め付けてきた。

着衣で、最も恥ずかしい部分だけ露出しているのが相当に刺激的らしい。

涼太は尖《とが》らせた舌を挿し入れ、滑らかな粘膜を味わいながら、顔を前後させ出し入れさせるように動かした。

「ああ……、変な気持ち……」

志保里が尻をくねらせて喘ぎ、見ると割れ目から溢れた白っぽい愛液が、ムッチリした内腿にまで伝い流れていた。

やがて充分に舌を蠢かせてから、彼は顔を引き離した。

「じゃ仰向けになって、股を開いて」

言うと、彼女もテーブルの上で寝返りを打ち、両脚を全開にさせて抱えた。

「オマ××舐めてって言って」

「そ、そんなこと言わせるの……、オ、オマ××舐めて、アアッ……！」

志保里は声を震わせて言い、自分の言葉に激しく喘いだ。

見るとM字になった脚の中心部は、ネットリとした大量の蜜が溢れ、今度は肛門の方にまで伝《じ》い流れはじめた。

涼太も焦らさず、乱れたパンストと下着を完全に脱がせてから顔を埋め込んでいった。柔らかな茂みに鼻を擦りつけて嗅ぐと、汗とオシッコの匂いが濃く、淫らに鼻腔を掻《か》き回してきた。

「いい匂い」

「あう、嘘《うそ》よ、匂うはずだわ……」

嗅ぎながら言うと志保里は呻き、白く滑らかな内腿をヒクヒクと震わせた。

涼太は充分に嗅いでから舌を挿し入れ、トロリとした淡い酸味のヌメリをすすり、膣口からクリトリスまで舐め上げていった。

「アアッ……、いい気持ち……！」

志保里は顔を仰け反らせて喘ぎ、早くも絶頂を迫らせたようにガクガクと腰を跳ね上げはじめた。

涼太は、昇り詰めさせる寸前で愛撫を止め、ソファにもたれかかってズボンと下着を下ろし、屹立したペニスを露わにさせた。

すると彼女もテーブルを下りて床に膝を突き、すぐにも亀頭にしゃぶり付いてきた。

熱い息を弾ませながらスッポリと根元まで呑み込んで吸い付き、モグモグと口で丸く幹を締め付けながら、内部でネットリと舌をからめた。

「ああ……」

涼太も快感に喘ぎ、唾液にまみれた幹をヒクヒク震わせた。

「入れてもいい？」

唾液に濡らしただけで、彼女は挿入をせがんだ。

「うん、跨いで入れて」

言いながら浅く掛けて股間を突き出すと、志保里も身を起こして這い上がり、跨がってしゃがみ込んだ。先端を濡れた膣口に受け入れ、一気にヌルヌルッと受け入れていった。

「アアッ……！」

志保里が喘ぎ、股間を密着させて彼の顔にしがみついてきた。

彼女は両膝を突かず、スクワットのようにしゃがみ込んだまま腰を上下させてきた。疲れるだろうが、この方が深い密着感が得られるらしい。

涼太は彼女のブラウスのボタンを外し、ブラをずらして白い膨らみをはみ出させた。

そして乳首に吸い付いて舌で転がし、左右とも交互に味わうと、腋からは生ぬるく甘ったるい汗の匂いが艶《なま》めかしく漂ってきた。

そして下からもズンズンと股間を突き上げて動きを合わせると、

「い、いきそう……、いい気持ち……！」

志保里が大量の愛液を漏らして口走り、ピチャクチャと淫らな摩擦音を繰り返して悶えた。

彼女の口からは、熱く湿り気ある花粉臭の息が濃厚に洩れて鼻腔を刺激してきた。涼太は動きながら唇を重ね、舌をからめながら唾液をすすり、美女の息で胸を満たした。

メガネのフレームが顔に触れ、二人の息でレンズが曇った。

「い、いっちゃう……、ああーッ……！」

とうとう志保里が収縮を高め、昇り詰めて激しく喘いだ。

ガクンガクンと狂おしいオルガスムスの痙攣を開始し、膣内の収縮も最高潮になった。

粗相したように溢れる愛液が互いの股間をビショビショにさせ、彼の尻の方にまで生ぬるく伝い流れてきた。

「く……！」

涼太も昇り詰めて快感に呻き、ありったけの熱いザーメンをドクドクと勢いよく注入した。

「あう、熱いわ、もっと……！」

噴出を感じた志保里が駄目押しの快感に呻き、さらに締め付けを強くさせて腰を上下させ続けた。しゃがみ込んでいるので膣内の摩擦ばかりでなく、尻の丸みも股間に当たって弾んだ。

「舐めて……」

言いながら志保里の喘ぐ口に鼻を押し付けると、彼女もまるでフェラチオするようにしゃぶり、両の鼻の穴も舌先でクチュクチュ探ってくれた。

涼太は、美女の唾液と吐息の匂いに包まれ、ヌルヌルにされながら快感を嚙み締め、最後の一滴まで出し尽くしていった。

「ああ……」

彼は満足して声を洩らし、突き上げを弱めていった。

すると志保里も肌の強《こわ》ばりを解き、しゃがみ込んでいられず左右に両膝を突いてグッタリともたれかかってきた。

「すごい……、前の時より感じたわ……」

志保里も満足げに声を洩らして力を抜き、名残《なごり》惜しげにキュッキュッと締め付けてきた。

やはり唐突だった前回より、期待が大きいぶん快感も大きかったようだ。

涼太は締まる膣内の刺激に、ヒクヒクと過敏に幹を震わせた。

そして湿り気ある濃厚な息の匂いを嗅ぎながら、うっとりと快感の余韻を味わったのだった。

やがて呼吸を整えると、しがみついていた志保里もノロノロと身を起こし、股間を引き離した。

ティッシュを手にして手早く割れ目を拭いながら屈み込み、愛液とザーメンに濡れたペニスをしゃぶってくれた。

「ああ……、気持ちいい……」

涼太は舌で綺麗にしてもらいながら喘ぎ、また回復しそうになってしまった。

シャワーも使えない部屋で処理をするのも、何やら淫靡な感じで興奮をそそるものだった。

「いいわ、あとは家で洗うから……」

志保里もペニスと割れ目の処理を終えて言い、立ち上がると下着とパンストを穿き、服と髪の乱れを直したのだった。

第五章　主婦パートの淫らな性

1

「ずいぶん明るくなったわ。リアルに充実しているんじゃない？」

涼太が仕事を上がったとき、佐知子《さちこ》が声を掛けてきた。

「ええ、ここのところバイトと執筆のバランスが良いので」

彼は答えたが、やはり多くの人に言われるだけあり、かなり変わったようだった。

確かに多くの女体を知ったことで、持ち込み用の原稿も捗《はかど》っているし、次はどんな女性と縁が持てるか楽しみな毎日である。

やはり以前は、かなりシャイで暗いだけだったのだろう。

それも全て、理沙という天使と、奈緒子という女神のおかげだった。積年の願いが叶《かな》ってしまうというのは、それで気が済むものではなく、大いなる自信に繋《つな》がるようだ。

島田《しまだ》佐知子は、涼太と同い年で三十五の購買部の主婦パートだった。

美女というわけではないのだが、ぷっくりした唇が色っぽく、やけに男受けするタイプであった。

巨乳で尻も大きく、夫は事務局にいる大学職員でマスオさん状態。家は彼女の両親がいて赤ん坊の面倒を見てくれているようだ。

「彼女でも出来たの？」

「いえ、特定の人はいないです」

話しながら、何となく大学前から一緒にバスに乗った。中は満員で座れず、向かい合わせに身体《からだ》が密着してきた。

彼の胸に巨乳が押し付けられ、股間同士も密着してしまった。

「また次に文庫でも出たら読ませて」

「ええ、もうすぐ仕上がるので、何とかめどが付きそうです」

話しながら股間が圧迫され、否応《いやおう》なくムクムクと変化してきた。

すると、いきなり佐知子の手が彼の股間に触れてきて、あからさまにいじるというわけではないが、強《こわ》ばりを確かめるように手の甲をグイグイと動かしてきたのである。

さらに勃起がはっきりしてくると、目の前の佐知子が悪戯《いたずら》っぽく彼の表情を見上げていた。どうやら、意図して行っているようだった。

「ね、これから少しでいいから付き合ってくれる?」

「ええ、どこへ……」

「降りたら言うわね」

佐知子が答え、もう一度はっきり強ばりに触れてから離し、間もなく駅に着いて降車していった。

すると佐知子は、彼を駅裏のラブホテル街へと誘った。

「いい?　大村さんは秘密を守ってくれそうだから」

「ええ……」

言われるまま彼は従い、佐知子はリードするように足早に一軒のラブホテルに入っていったのだった。

手早く部屋を選んでキイをもらい、エレベーターに乗って密室に入った。

まだまだ、より多くの女性との幸運は続いているようである。

「学生は勢いがあるけど下手《へた》だろうし、友だちに自慢されて言いふらされるのは困るから」

「ええ、僕は誰にも言いませんので」

「そうね。真面目《まじめ》で大人しくて、適度に溜《た》まっていそうで、熱心に愛撫《あいぶ》してくれそうだから、前から誘いたくて仕方がなかったの」

佐知子が正直に言い、涼太も後戻りできない淫気に痛いほど股間が突っ張ってきた。

「じゃ、急いでシャワー浴びてきますね」

「いいわ、今のままでしましょう」

彼が言うと、佐知子が引き留めた。何やら普段と逆のようで、彼女も待ちきれないほど高まっているようだ。

すぐにも二人で服を脱ぎ、全裸になってベッドにもつれ合った。

佐知子は色白で肉づきが良く、仰向《あおむ》けになって巨乳を弾ませた。添い寝して乳房に迫ると、何と濃く色づいた乳首から、ポツンと白濁の雫《しずく》が滲《にじ》み出ているではないか。

（うわ、母乳……）

涼太は目を見張り、新鮮な興奮に包まれながらチュッと乳首に吸い付いて舌を這《は》わせた。

舌で雫を拭い取ったが味は分からず、甘ったるい匂いが口に広がった。

さらに吸おうとしたがなかなか出ず、試行錯誤しているうちに、ようやく乳首の芯を唇に強く挟んで吸うと、生ぬるい母乳が舌を濡《ぬ》らしてきて、薄甘い味覚も感じられた。

「アア……、いい気持ち……、もっと吸って、飲むのが嫌ならティッシュに吐き出して……」

佐知子は早くも熱く喘《あえ》ぎ、クネクネと悶《もだ》えながら言った。

そしてなおも涼太が執拗《しつよう》に吸い付くと、分泌を促すように彼女は自ら膨らみを揉《も》みしだいて搾り出した。

次第に要領を得た涼太は、吸い出してはうっとりと喉を潤し、もう片方の乳首も含んで生ぬるい母乳を吸った。

飲み込むうち、心なしか張りが和らいできたように思え、あらかた出尽くすと彼は佐知子の腕を差し上げて腋《わき》の下に鼻を埋め込んでいった。

そこには色っぽい腋毛が煙り、母乳とは微妙に異なる甘ったるい汗の匂いが濃厚に籠もっていた。

涼太は巨乳に指を這わせながら人妻の腋の匂いを貪り、舌を這わせて熟れ肌を舐《な》め降りていった。

肌はほんのり汗の味がし、臍《へそ》を舐めて張りのある下腹から腰に移動し、ムッチリした太腿《ふともも》へ降りていった。やはり脛《すね》も体毛があり、足首まで下りて足裏に回り込んだ。

踵《かかと》から土踏まずを舐め上げると、

「あう、そんなところも舐めてくれるの……？」

佐知子が言い、嬉《うれ》しげに身を投げ出してきた。

指の股に鼻を押し付けると、やはりそこは一日中働いた汗と脂にジットリ湿りムレムレの匂いが濃く沁《し》み付いていた。

胸いっぱいに嗅いでから爪先にしゃぶり付き、爪の先を噛《か》み、全ての指の間にヌルッと舌を割り込ませて味わうと、

「アアッ……、汚いのに……、でも嬉しい……」

佐知子がビクリと脚を震わせ、喘ぎながら指で舌を挟み付けてきた。

涼太は充分に味わってから、もう片方の足指も味と匂いが薄れるほど堪能《たんのう》し、やがて彼女をうつ伏せにさせた。

踵の、靴擦れ痕に貼られた絆創膏《ばんそうこう》も、いかにも普通の主婦っぽい感じがした。

アキレス腱《けん》から脹《ふく》ら脛《はぎ》を舐め上げ、時に弾力を味わうように歯を立て、汗ばんだヒカガミから滑らかな太腿、尻の丸みをたどり、腰から背中を舐めるとさらに汗の味がした。

肩まで行くと、アップにした髪に鼻を埋《うず》めて甘い匂いを嗅ぎ、耳の裏側の脂じみた匂いも貪って舌を這わせ、後れ毛の色っぽいうなじから再び背中を舐め降りていった。

腹這いのまま股を開かせ、真ん中に身を置いて白く豊満な尻に迫ると、彼は指でグイッと谷間を広げた。奥に閉じられているピンクの艶《なま》めかしい蕾《つぼみ》に鼻を埋めて嗅ぐと、汗の匂いに混じり、生々しい微香が籠もって悩ましく鼻腔《びこう》を刺激してきた。

涼太はごく普通の人妻のナマの匂いを堪能すると、やがて舌を這わせて襞《ひだ》を濡らし、ヌルッと潜り込ませて滑らかな粘膜も味わった。

「あう……、い、嫌じゃないの？　そんなところ……」

佐知子が顔を伏せて呻《うめ》き、キュッと肛門《こうもん》で舌先を締め付けてきた。

羞恥もあるだろうが、彼さえ構わなければうんと愛撫してほしいようだった。

涼太は顔中を張りのある双丘に密着させ、味と匂いを貪りながら執拗に舌を蠢《うごめ》かせた。

やがて舌を引き抜くと、彼女を仰向けにさせ、片方の脚をくぐって白く滑らかな内腿を舐め上げた。

「アア……」

大股開きにされ、佐知子が顔を仰《の》け反《ぞ》らせて喘ぎ、ヒクヒクと下腹を波打たせた。見ると、股間の丘には黒々と艶のある恥毛が密集し、陰唇を指で広げると、妖しく息づく膣口《ちつこう》の襞には母乳のように白っぽい粘液がネットリとまつわりついていた。

クリトリスも大きめで、亀頭の形をして光沢を放ちツンと突き立っていた。

涼太は艶めかしい眺めと熱気に誘われ、ギュッと顔を埋め込んでいった。

柔らかな茂みに鼻を擦《こす》りつけて嗅ぐと、汗とオシッコの匂いが混じり合い、悩ましく鼻腔を刺激してきた。

舌を挿し入れ、淡い酸味のヌメリを掻《か》き回しながら、膣口からクリトリスまで

舐め上げていくと、

「アアッ……、いい気持ち……」

佐知子が身を弓なりに反らせて喘ぎ、内腿でムッチリと彼の両頬を挟み付けてきた。彼は豊満な腰を抱え込み、クリトリスを執拗に舐め回しては、溢《あふ》れてくる生温かな愛液をすすった。

2

「い、入れて、お願い……！」

佐知子が顔を仰け反らせ、急激に絶頂を迫らせてせがんできた。

「まだダメ、僕のをおしゃぶりしてからね」

涼太が舌を引っ込めて答えると、すぐにも彼女が身を起こしてきた。

入れ替わりに涼太が仰向けになると、佐知子は大股開きにさせて真ん中に腹這い、顔を迫らせてきた。

彼が自ら両脚を浮かせて抱えると、佐知子もすぐに厭《いと》わず尻を舐めてくれた。

チロチロと肛門に舌が這い、熱い鼻息が陰嚢《いんのう》をくすぐり、ヌルッと潜り込んで

くると、

「く……！」

涼太は快感に呻き、キュッと肛門で佐知子の舌先を締め付けた。

彼女が内部で舌を蠢かせると、内側から刺激されるようにヒクヒクと肉棒が上下した。

ようやく脚を下ろすと、佐知子は舌を引き離し、そのまま陰嚢にしゃぶり付いて二つの睾丸《こうがん》を転がした。そして袋全体を生温かな唾液にまみれさせると、顔を上げて胸を突き出してきた。

何と彼女は両の乳首を自らつまみ、ペニスに母乳を振りかけてきたのだ。

何やらバナナに煉乳《れんにゅう》でも掛けてから食べるようだ。

しかしまだ彼女はペニスを舐めず、先に巨乳を擦りつけてきたのである。

谷間で挟んで揉み、柔らかな膨らみでペニスを揉みくちゃにしてから、ようやく屈《かが》み込んでチロチロと舌先で尿道口の粘液を舐めてくれた。

「アア……」

涼太は妖しい快感に喘ぎ、幹を震わせながら身を委ねた。

ペニスに感じる巨乳の感触というのも、実に新鮮であった。

ようやく佐知子も胸を離し、そのまま亀頭を咥《くわ》えてモグモグと根元まで呑《の》み込み、上気した頰をすぼめて吸い付いてきた。

熱い鼻息が恥毛をそよがせ、口の中ではクチュクチュと舌がからみついてペニスを唾液にまみれさせた。

「ああ、入れたい……」

と、今度は涼太の方がせがむ番だった。

佐知子もスポンと口を離し、待ちかねたように身を起こして前進してきた。

「上からでいい？　滅多に上にならないのだけど……」

彼女は言い、ペニスに跨《また》がってきた。

夫は正常位一辺倒らしい。もっとも佐知子の妊娠以来、かなり夫婦生活も間隔が空いているようだった。だからこそ彼女も欲求を溜め込み、今日涼太を誘ってきたのだろう。

先端に割れ目を押し付け、位置を定めると彼女は腰を沈め、ヌルヌルッと滑らかに受け入れていった。

「アアッ……、いいわ、奥まで届く……！」

佐知子は顔を仰け反らせて喘ぎ、完全に股間を密着させて座り込んだ。

涼太も肉襞の摩擦と熱い潤いを感じ、暴発を堪《こら》えながら股間に彼女の重みを受け止めた。

佐知子は快感を嚙み締めながら、股間をしゃくり上げるように擦りつけ、やがて身を重ねてきた。涼太も両手を回して抱き留め、僅かに両膝を立てて尻の感触も得ながら、収縮と温《ぬく》もりを味わった。

下から唇を求めると、佐知子も上からピッタリと重ね合わせ、自分からヌルッと舌を挿し入れてきた。

涼太も舌をからめ、滑らかに蠢く舌の感触と生温かな唾液を味わった。

「ンン……」

佐知子も熱く鼻を鳴らして口を押し付け、少しでも奥まで彼の口の中を舐めようと舌を這わせてきた。

涼太は両手でしがみつきながら、彼女の腰の動きに合わせてズンズンと股間を突き上げはじめた。大量の愛液が律動を滑らかにさせ、すぐにもピチャクチャと卑猥《ひわい》な摩擦音が響いてきた。

「アアッ……、き、気持ちいいわ……、いきそうよ……」

佐知子が口を離し、淫らに唾液の糸を引きながら喘いで、膣内の収縮を活発にさせてきた。

喘ぐ口に鼻を押し込んで嗅ぐと、熱く湿り気ある息が濃厚な花粉系の刺激を含んで鼻腔を掻き回してきた。彼は何度も深呼吸しながら人妻の口の匂いに酔いしれ、股間の突き上げを強めていった。

見ると、また濃く色づいた乳首から、白濁の母乳が滲みはじめていた。

「ね、顔にかけて……」

言うと、佐知子も高まりながら胸を突き出し、両の乳首を指で摘《つま》んで絞り出してくれた。ポタポタと滴《したた》る母乳を舌に受けると、さらに無数の乳腺から霧状になった飛沫《しぶき》も顔中に生ぬるく降りかかってきた。

甘ったるい匂いとヌメリを感じながら、涼太は高まっていった。

あらかた絞り尽くすと佐知子は指を離し、母乳にまみれた彼の顔中にヌラヌラと舌を這わせてくれたのだ。

母乳と唾液と息の匂いが鼻腔で混じり合い、とうとう涼太は絶頂に達してしまった。

「い、いく……！」

突き上がる快感に口走りながら、ありったけの熱いザーメンをドクンドクンと

勢いよく柔肉の奥にほとばしらせると、

「気持ちいいッ……、ああーッ……！」

噴出を受けた佐知子も同時に声を上ずらせ、ガクガクとオルガスムスの痙攣《けいれん》を開始したのだった。

涼太も快感に身悶えながら、下からズンズンと股間をぶつけるように突き動かし、心置きなく最後の一滴まで絞り尽くしてしまった。

ようやく気が済んで力を抜き、突き上げを止めると、

「アア……、すごい……」

佐知子も満足げに声を洩《も》らし、肌の強ばりを解いてグッタリと彼に体重を預けてきた。

まだ膣内の収縮は続き、過敏になった幹がピクンと跳ね上がった。

「あう……、まだ動いてるわ……、こんなに良いのなら、もっと早く誘えば良かった……」

佐知子も敏感に感じながら、荒い息遣いで囁《ささや》いた。

涼太も、実に身近に肌の相性の良い人がいるものだと思った。

「それに、どこも隅々まで舐めてくれたので、すごく感激したわ……」

「ええ、だって味わないと勿体《もったい》ないから」

「嫌な匂いしなかった……？」

彼女は、今さらながら気になったように訊《き》いてきた。

「自然のままの匂いが、一番感じますので」

「ああ、やっぱり匂ったのね……」

佐知子は羞恥に声を震わせ、しばらくは動けないようにもたれかかっていた。

涼太は彼女の喘ぐ口に鼻を押し付け、濃厚に甘い息を嗅ぎながら、うっとりと余韻を嚙み締めたのだった。

ようやく呼吸を整えた佐知子が股間を引き離し、身を起こしていった。

涼太も起きて一緒にベッドを降り、バスルームへと移動した。

シャワーの湯を浴びて全身を洗い流すと、ようやく佐知子もほっとしたようだった。

「ね、オシッコしているところ見たい……」

涼太は、例によってムクムクと回復しながらせがんだ。

「まあ、ちょうどしたいと思っていたところなのだけど……」

佐知子が言い、涼太は床に座ったまま目の前に彼女を立たせた。そして片方の足を浮かせてバスタブのふちに乗せさせ、開いた股に顔を寄せた。

「そんな近くで見るの？　顔にかかるわ……」

「うん、いいから出して」

彼は豊満な腰を抱き寄せ、濡れた茂みに鼻を擦りつけて答えた。

残念ながら濃厚だった匂いは薄れてしまったが、やはり舐めると新たな愛液が溢れはじめてきた。

「ああ……、いいのね、出る……」

いくらもためらわずに佐知子が言い、すぐにも温かな流れがチョロチョロとほとばしり、たちまち勢いを増して口に注がれてきた。

味も匂いも濃い方なので、ほんの少しだけ喉に流し込み、あとは口に受けて溢れるに任せ、それでも充分に興奮できた。

「アア……、変態……」

佐知子は、涼太の口に泡立つ音に興奮を高めて言い、彼の頭に手をかけて遠慮なく放尿した。もちろん応じている自分も変態であり、彼女は立ったまま果てそうなほど身悶えていた。

溢れる分が胸から腹に伝い、すっかり回復したペニスを温かく浸した。

やがて長く続いた放尿も勢いが衰え、ようやく治まった。

涼太は悩ましい残り香の中で舌を這わせ、余りの雫をすすった。

すると、たちまち新たな愛液が泉のように湧き出し、舌の動きを滑らかにさせて淡い酸味が満ちていったのだった。

3

「すごい勃《た》ってるわ。続けて出来るのね……」

身体を拭き、全裸のままベッドに添い寝しながら佐知子が言い、やんわりと握って動かしてくれた。

「でも、もう一回入れたら、歩いて帰れなくなるわ。二度目はお口でいい？」

「ええ……」

涼太は、期待を高めながら答えた。

「いっぱいミルク飲んでくれたから、今度は私が飲んであげる」

「いきそうになるまで指でして……」

彼は言い、腕枕してもらい、唇を求めた。

すると佐知子も体勢的にペニスを、順手ではなく逆手に握って動かしてくれ、四本の指が順々に幹の裏側を擦った。

そして唇を重ね、ネットリと舌をからめてきた。

涼太は滑らかに蠢く舌の感触と、生温かな唾液のヌメリを味わい、指の動きの中で高まっていった。

さらに彼女の口に鼻を押し込み、湿り気ある甘い濃厚な匂いを胸いっぱいに嗅ぎ、悩ましく鼻腔を刺激してもらった。

佐知子も厭わずに惜しみなく熱い息を吐きかけ、舌を這わせて鼻をしゃぶってくれた。

「い、いきそう……」

幹を震わせながら言うと、彼女も腕枕を解くと急いで顔を移動させていった。

張りつめた亀頭にしゃぶり付き、熱い息を股間に籠もらせながらスッポリと根元まで呑み込んだ。

上気した頬をすぼめて吸い付き、モグモグと唇で締め付けながら、口の中ではクチュクチュと執拗に舌がからみついた。

「ああ……、気持ちいい……」

涼太は快感に喘ぎ、佐知子の口の中でヒクヒクと唾液に濡れた幹を震わせた。やはり飢えた人妻のフェラは貪るようで、テクニックも巧みですぐにも高まってしまった。

思わずズンズンと股間を突き上げると、

「ンン……」

彼女も合わせて顔を上下させ、スポスポと強烈な摩擦を開始してくれた。

「い、いく……、アアッ……！」

とうとう涼太は絶頂の快感に全身を貫かれて喘ぎ、同時にありったけの熱いザーメンをドクンドクンと勢いよくほとばしらせてしまった。

「ク……」

喉の奥を直撃されながら佐知子が小さく呻き、そのまま噴出を受け止め、さらに吸引してくれた。

吸われるとリズムも無視され、ペニスがストローと化して、陰嚢から直《じか》に吸い出されているような快感が湧き、思わず腰が浮いた。まるで魂まで吸い取られているような快感である。

やがて出し切ってグッタリと力を抜くと、佐知子もようやく強烈な摩擦と吸引を止《や》め、亀頭を含んだままゴクリと飲み干してくれた。

「あう……」

嚥下《えんげ》と同時に口腔がキュッと締まり、彼は駄目押しの快感に呻いた。

ようやく佐知子もスポンと口を引き離し、なおも余りを搾るように幹をしごき、尿道口に脹《ふく》らむ白濁の雫まで丁寧に舐め取ってくれた。

「あうう……、も、もういいです、有難う……」

涼太は身を反らせてヒクヒクと震え、あまりの刺激で降参するように言うと過敏に腰をよじった。

するとと佐知子も舌を引っ込め、大仕事を終えたように太い息を吐いて添い寝してきた。

再び腕枕してもらい、彼は胸に抱かれ、人妻の悩ましい吐息を嗅ぎながら、うっとりと快感の余韻に浸り込んでいったのだった。

「二度目なのにすごい量だわ。それに濃くて美味《おい》しかった……」

佐知子が淫らに舌なめずりして言った。この精子を栄養とし、また母乳になることに涼太は申し訳ないような感覚を抱いた。

「どうか、たまにでいいからまたしましょうね」

「ええ、もちろんお願いします……」

言われて、涼太は人妻の温もりに包まれながら答えたのだった……。

4

「三人も楽しかったけど、どうしても二人で会いたかったんです……」

真希が、涼太の部屋を訪ねてきて言った。

もちろん涼太も、理沙との三人プレイという贅沢《ぜいたく》な体験はしたものの、やはり秘め事は一対一の淫靡《いんび》な密室が最高だと思っていた。

「理沙には内緒で来ちゃったけど、どうか秘密にして下さいね」

「うん、もちろん」

涼太も期待と興奮に激しく勃起し、すぐにも服を脱ぎはじめていった。

その気で来ている真希も、黙々と脱いでゆき、たちまち二人して全裸になってしまった。

彼は真希を万年床に仰向けにさせ、まずは足裏に顔を押し付けていった。

「あう、どうしてそんなところから……」

ロマンチックにキスからしたかったのかも知れず気の毒だが、涼太は自分の性癖に正直に行動していた。

スベスベの足裏に舌を這わせながら足首を押さえ、指の股に鼻を押し付けて嗅ぐと、やはり興奮を抑えて急ぎ足で来たらしく、そこは生ぬるい汗と脂にジットリ湿り、蒸れた匂いが濃く沁み付いていた。

涼太は、処女を失ったばかりの二十歳の足の匂いを貪り、爪先をしゃぶって順々に指の間に舌を割り込ませて味わった。

「あん、ダメ……」

真希がビクッと顔を仰け反らせて喘ぎ、くすぐったそうに腰をくねらせた。

やはり理沙が居《お》らず一対一だと、期待と興奮も大きいようだった。

涼太は、全ての指の股を味わい、桜色の爪の先を噛み、もう片方の足指も心ゆくまで味と匂いを貪り尽くしてしまった。

そして大股開きにさせて腹這い、脚の内側を舐め上げ、白くムッチリとした内腿をたどって股間に迫った。

割れ目は大量の蜜にヌラヌラと潤い、熱気と湿り気が籠もっていた。

指で広げると、膣口が妖しく息づき、光沢あるクリトリスも包皮を押し上げるようにツンと突き立っていた。

「舐めてって言って」

「アア、恥ずかしいわ……、でも、舐めて……」

股間から言うと真希が羞恥に声を震わせて答え、自分の言葉にピクリと下腹を反応させた。

涼太も焦《じ》らさず、すぐにも顔を埋め込み、柔らかな若草に鼻を擦りつけて、隅々に籠もる生ぬるい汗とオシッコの匂いで鼻腔を満たした。

舌を這わせ、陰唇の内側に挿し入れると、淡い酸味のヌメリが迎え、彼はクチュクチュと膣口の襞を掻き回して、クリトリスまで舐め上げていった。

「あう……、い、いい気持ち……」

真希が呻き、内腿でキュッときつく彼の両頬を挟み付けてきた。

涼太も腰を抱えて執拗にチロチロとクリトリスを舐め、味と匂いを堪能し、ヌメリを掬《すく》い取ってから、彼女の両脚を浮かせていった。

張りのある尻の谷間に迫り、指で双丘を広げると、薄桃色の蕾が襞を揃《そろ》えてひっそり閉じられていた。

鼻を埋め込んで嗅ぐと、淡い汗の匂いに生々しい微香も入り交じって鼻腔を刺激してきた。

彼は胸いっぱいに吸い込んでから舌を這わせて襞を濡らし、ヌルッと潜り込ませて滑らかな粘膜を味わった。

「く……」

真希も違和感に呻きながら、肛門でモグモグと彼の舌を締め付けた。

いつものことながら涼太は、この部分を舐めるときの言いようのない喜びを噛み締めた。味や匂いや感触も良いのだが、最も恥ずかしい部分を舐めさせてくれる女性の気持ちと、オシメを替えるように脚を浮かせた、この状況がやけに興奮するのである。

やがて舌を引き抜き、脚を下ろして再び愛液が大洪水になっている割れ目に戻り、ヌメリをすすってクリトリスを吸った。

「アア……、ダメ、いきそう……」

真希が絶頂を迫らせ、嫌々をして喘いだ。

彼も割れ目から口を離し、そのまま滑らかな下腹を舐め上げ、臍からオッパイへと這い上がっていった。

綺麗《きれい》なピンクの乳首にチュッと吸い付き、舌で転がしながら弾力ある膨らみに顔を押し付けた。

「ああ……」

真希も上気した顔で喘ぎ、次第に朦朧《もうろう》となりながら両手で彼の顔を胸に掻《か》き抱《いだ》いた。涼太は左右の乳首を交互に含んで舐め回し、もちろん腋の下にも鼻を埋め、甘ったるく濃厚に籠もる汗の匂いで鼻腔を満たした。

そして横になりながら、彼女を上にさせていった。

仰向けの受け身体勢になると、今度は真希も積極的に彼の乳首を舐めてくれ、左右を愛撫してから肌を舐め降りていった。

彼が大股開きになると、真希も真ん中に腹這い、ペニスに顔を寄せてきた。

先に陰嚢を舐め回して睾丸を転がし、ピンピンに屹立《きつりつ》した幹の裏側をゆっくり舐め上げた。

滑らかな舌先が先端まで来ると、真希は小指を立てて幹を支え、粘液の滲む尿道口をチロチロと舐め回し、やはり丸く開いた口でスッポリと喉の奥まで呑み込んでいった。

「ああ、気持ちいいよ、すごく……」

涼太は快感に喘ぎ、真希の口の中でヒクヒクと幹を上下させた。

真希も熱い鼻息で恥毛をくすぐり、幹を口で締め付けて吸いながら、内部ではクチュクチュと舌をからみつけてくれた。

たちまちペニス全体は生温かく清らかな唾液にまみれて震え、たまに当たる歯の感触も新鮮な刺激だった。

「強く吸いながら引き抜いて」

言うと真希も言われた通り、頬をすぼめて吸い付いて引き抜いた。締まる唇が張り出した傘の部分でいったん止まり、さらに吸い上げられながらポンと軽やかな音を立てた。

「可愛《かわい》い音……、もっとお行儀悪く吸って……」

さらにせがむと、真希も再び含んで吸い付き、何度かチュパッと音を立ててくれた。

「いいよ、じゃ上から跨いで」

すっかり高まった涼太が言うと、真希も口を引き離して身を起こし、前進してペニスに跨がってきた。そして自分から先端に割れ目を押し当て、息を詰めてゆっくり腰を沈めて受け入れていったのだった。

「アアッ……！」

ヌルヌルッと滑らかに根元まで嵌《は》め込むと、真希が顔を仰け反らせて喘ぎ、ぺたりと座り込んで完全に股間を密着させてきた。

涼太も肉襞の摩擦ときつい締め付け、熱いほどの温もりに包まれながら股間に重みを受け止め、両手を伸ばして抱き寄せた。

真希もゆっくり身を重ね、彼の胸に柔らかな膨らみを押し付けてきた。

彼は下から両手を回して抱き留め、僅かに両膝を立てて彼女の尻を固定しながら、唇を重ねていった。

「ンン……」

真希も上からピッタリと唇を密着させ、熱く鼻を鳴らして舌をからめ合ってきた。生温かな唾液にトロリと濡れた舌が、チロチロと遊んでくれるように蠢き、彼はうっとりと酔いしれながら唾液をすすった。

そしてズンズンと股間を突き上げはじめると、

「ああ……」

真希が顔を仰け反らせ、口を離して喘いだ。その口に鼻を押し込むと、熱く湿り気ある果実臭の息が、甘酸っぱく彼の鼻腔を刺激してきた。

涼太は胸を満たし、次第に突き上げを激しくさせていった。

「アア……、すごい……」

「痛くないかな？」

「ええ、奥が熱くて、だんだん気持ち良くなってきました……」

囁くと真希が答え、合わせて腰を動かしはじめた。

さすがに成長も早く、すっかり挿入の痛みは克服し、一体となった悦《よろこ》びに目覚めてきたようだ。

愛液の量も申し分ないので、涼太も遠慮なく股間を突き上げて摩擦快感を味わった。

「いっぱい唾を垂らして」

動きながら言うと、真希も懸命に唾液を分泌させ、顔を寄せて愛らしい唇を突き出してきた。そして白っぽく小泡の多い粘液をクチュッと垂らしてくれ、彼は味わって飲み込んだ。

「顔中もヌルヌルにして……」

さらにせがむと、真希も嫌がらず彼の顔にトロリと唾液を吐き出し、それを舌で鼻筋や頬に塗り付けてくれた。

「ああ、気持ちいい……」

涼太は唾液と吐息の甘酸っぱい匂いに包まれ、顔中ヌルヌルにまみれながら喘いだ。そして肉襞の摩擦に包まれながら動き続けると、とうとう耐えきれず昇り詰めてしまった。

「く……！」

突き上がる絶頂の快感に呻き、熱い大量のザーメンをドクンドクンと勢いよく内部にほとばしらせると、

「アア……、熱いわ、感じる……！」

真希も噴出を受け止めて声を上げ、ヒクヒクと全身を痙攣させた。

まだ完全なオルガスムスではないが、彼の快感が伝染したように身を震わせ、膣内を収縮させていた。

この分なら、すぐ次回にも本当の絶頂を迎えてしまいそうだった。

涼太は心ゆくまで快感を噛み締め、最後の一滴まで出し尽くしていった。

満足しながら徐々に突き上げを弱め、力を抜いていくと、真希も全身の強ばりを解いてグッタリと体重を預けてきた。

涼太は重みと温もりを受け止め、膣内でヒクヒクと幹を震わせた。

「ああ……、なんか、身体がバラバラになりそうだったわ……」

真希が息を震わせて、絶頂の兆しにおののきながら言った。

「今度は、もっとすごく良くなるよ」

「ええ、恐《こわ》いけれど、もう理沙も知っているのだから、私も知りたいです……」

真希が言い、力を抜いてもたれかかった。

涼太は、彼女の湿り気ある甘酸っぱい息を胸いっぱいに嗅ぎながら、うっとりと快感の余韻を噛み締めたのだった。

5

「わざわざ有難うございます。助かりました」

涼太が、体育館へ届け物をすると、香織が受け取って礼を言った。購買部に注文してあった、体操コーチの本が届いたので持ってきたのだ。

体育館の中では、女子体操部が平均台や床運動の練習に余念がなく、香織も筋肉の浮かび出るレオタード姿だった。

そして館内には、女子大生たちの甘ったるい汗の匂いが濃厚に籠もっていた。

「良ければ待っててくれます？　間もなく練習が終わるので」

「ええ、僕も仕事を上がってきたので大丈夫です」

香織が、すぐにも淫らなスイッチが入ったように言い、涼太も匂いに反応して股間を熱くさせながら答えた。

やがて時間となり、香織がホイッスルを鳴らすと、部員たちも練習を止め、挨拶をして更衣室に入っていった。

体育館内は女子体操部だけなので、急に静かになり、濃い匂いだけが残った。

やがてシャワーを浴び、着替えた彼女たちが順々に帰ってゆき、とうとう香織と涼太だけが残った。

そして香織が更衣室に入ったので、涼太も一緒に入った。

「うわ……」

更衣室内は、さらに濃厚な体臭が毒々しいほど甘ったるく充満し、彼は激しく勃起してしまった。

中はロッカーと、休憩用の椅子、奥にはシャワールームとトイレがある。

もう今日は誰も来ないだろう。

「女臭いでしょう」

「うん、でも興奮する」

「じゃ、ここでしてもいいかしら」

香織が、汗に湿ったレオタードを脱ぎながら言う。涼太も、ここから移動するよりすぐにもしたかったので、自分も脱ぎはじめた。

仮眠用のためかマットが敷かれていたので、先に全裸になった涼太は仰向けになって待った。

今までも、大きな幸運により様々な体験をしてきたが、まさか熱気と匂いの籠もった女子更衣室でする日が来るとは夢にも思わなかったものだ。

香織も全て脱ぎ去り、汗ばんだ、と言うより汗の雫の流れている肌を露《あら》わにして近づいた。

「シャワー浴びたいわ……」

「ダメ、そのままでいい」

「そう言うと思ったけれど、やっぱり恥ずかしいわ……」

「足を顔に乗せて」

仰向けのまま彼が足首を摑《つか》んで引き寄せると、

「アア……、いいのかしら、こんなこと……」

香織は息を弾ませながらも、壁に手を突いて身体を支え、足裏を彼の顔に乗せてきた。

涼太も感触を味わいながら、足裏に舌を這わせて、汗と脂に湿った指の間に鼻を押し付け、ムレムレになった濃厚な匂いを貪った。

濃い匂いと頑丈そうな足裏を味わい、足を交代してもらった。そちらも味と匂いを心ゆくまで堪能すると、彼は足首を摑んで顔に跨がらせた。

「しゃがんで」

真下から言うと、香織も恐る恐る和式トイレスタイルでしゃがみこみ、逞《たくま》しい脚をM字にさせ、ムッチリと張り詰めさせて股間を鼻先に迫らせてきた。

割れ目からはみ出した陰唇はネットリとした露を宿し、僅かに開いて光沢あるクリトリスを覗《のぞ》かせていた。

腰を抱き寄せ、彼は柔らかな茂みに鼻を埋め、擦りつけて嗅いだ。

隅々には甘ったるい汗の匂いが濃厚に籠もって蒸れ、それにほのかなオシッコの匂いも混じって鼻腔を刺激してきた。

「いい匂い」

「あう……、ダメ、お願い、黙って……」

嗅ぎながら言うと、香織は羞恥と戦いながら呻き、トロリと新たな愛液を漏らしてきた。

涼太は舌を挿し入れて淡い酸味のヌメリを掻き回し、膣口から柔肉をたどって大きなクリトリスまで舐め上げていった。

「アアッ……、いい気持ち……」

香織が腰をくねらせて熱く喘いだ。

涼太はアスリート美女の味と匂いを貪り、引き締まった尻の谷間に潜り込んでいった。

顔中に双丘を受け止め、谷間の蕾に鼻を押し付けて嗅ぐと、やはり汗の匂いに混じり秘めやかな微香も感じられ、悩ましく鼻腔が刺激された。

涼太は尻の丸みを味わいながら匂いを貪り、舌を這わせてヌルッと潜り込ませクチュクチュと粘膜を探った。

「あう……!」

香織が呻き、キュッと肛門で舌先を締め付けた。そして力が抜けて座り込みそうになるたび、彼の顔の左右で懸命に両足を踏ん張った。

涼太も充分に舌を蠢かせ、やがて割れ目に戻って新たな蜜をすすった。

「も、もうダメ……」

絶頂を迫らせた香織が言って股間を引き離し、そのまま後退しながら彼の乳首にチュッと吸い付いて舌を這わせた。

涼太も仰向けのまま受け身になり、肌をくすぐる息と、乳首を翻弄する舌の蠢きと吸引を味わった。

「嚙んで……」

言うと香織も綺麗な歯並びでキュッと乳首を嚙み、左右とも舌と歯で愛撫してから、肌を下降していった。

大股開きになると、香織も真ん中に腹這い、すぐにも彼の股間に顔を寄せてきた。陰嚢を舐めて睾丸を転がし、そのまま肉棒の裏側を舌でたどり、先端まで舐め上げげた。粘液の滲む尿道口を執拗に舐め回すと、やがてスッポリと喉の奥まで深々と呑み込み、熱い鼻息で恥毛をそよがせた。

「ああ……」

涼太は快感に喘ぎ、美女の口の中でヒクヒクと幹を震わせた。

香織も頰をすぼめて吸い付きながら、クチュクチュと滑らかに舌をからめ、生温かな唾液にどっぷりと浸してくれた。

彼がズンズンと股間を突き上げると、

「ンン……」

香織も喉の奥を突かれて小さく呻きながら、顔を上下させスポスポと強烈な摩擦を繰り返してくれた。

溢れた唾液が陰嚢まで濡らし、涼太は急激に高まってきた。

「い、入れたい……」

絶頂を迫らせて言うと、香織も待ちかねていたようにスポンと口を引き離し、すぐにも身を起こして前進してきた。先端に濡れた割れ目を押し付け、息を詰めてゆっくり腰を沈み込ませていった。

たちまち屹立したペニスは、ヌルヌルッと心地《ここち》よい肉襞の摩擦を受けながら、ヌメリに合わせて滑らかに根元まで呑み込まれた。

「アアッ……、いい……!」

香織が完全に股間を密着させ、座り込んで顔を仰け反らせながら喘いだ。

膣口がキュッと締まり、涼太も内部で幹を震わせながら快感を嚙み締めた。

感触を味わい、両手を伸ばして抱き寄せると、彼は顔を上げてチュッと乳首に吸い付いた。

舌で転がすと、顔中に柔らかく張りのある膨らみが押し付けられた。

涼太は左右の乳首を交互に含んで舐め回し、さらに香織の腋の下にも鼻を埋め込んでいった。

そこもジットリと生ぬるく湿り、何とも甘ったるい汗の匂いが濃厚に籠もって鼻腔を刺激してきた。彼は胸を満たして酔いしれながら舌を這わせ、汗の味と匂いにうっとりとなった。

すると先に香織が股間をしゃくり上げるように擦りつけ、動きはじめた。

恥毛が擦れ合い、恥骨の膨らみもコリコリと押し付けられた。

涼太は充分に美女の体臭を嗅いでから両手を回してしがみつき、ズンズンとリズミカルに股間を突き上げはじめていった。

「アア……、い、いきそうよ……」

香織が快感を嚙み締めて喘ぎ、締め付けと潤いを増していった。

涼太も腋から顔を離して首筋を舐め上げ、熱く喘ぎ香織の口に迫った。

湿り気ある息は、ほのかに甘酸っぱい果実臭をさせ、さすがにコーチしていた最中だからケアして匂いは薄かった。それでも、さんざん喘いで口中が乾いているせいか、やや悩ましい刺激も混じりはじめていた。

彼は突き上げを強めながら唇を重ね、熱い息を嗅ぎながらチロチロと舌をからみつかせた。

「ンンッ……！」

口を塞がれ、香織が苦しげに呻きながら舌を蠢かせ、突き上げに合わせて激しく腰を遣った。

大量に溢れる愛液が律動を滑らかにさせ、彼の陰嚢から肛門の方にまで伝い流れ、クチュクチュと粘膜の摩擦される音が淫らに響いた。

「い、いっちゃう……」

香織が口を離し、膣内の収縮を活発にさせた。

「唾を垂らして」

喘ぐ口に迫って言うと、彼女も懸命に唾液を分泌させたが、あまり出ず、唇を湿らせただけで擦りつけてきた。

涼太も鼻を押し付け、唾液と吐息の匂いを貪りながら、収縮する肉襞の中、とうとう大きな快感に貫かれ、昇り詰めてしまった。

「いく……！」

口走りながら、ドクンドクンと勢いよく熱いザーメンを注入すると、

「あう、熱いわ、いい……！」

噴出を感じた香織も呻きながら、ガクガクと狂おしいオルガスムスの痙攣を開始した。あとは声にならず、肌を強ばらせてヒクヒクと震えた。

涼太は股間をぶつけるように突き上げ、心ゆくまで快感を嚙み締めながら、最後の一滴まで出し尽くしていった。

満足しながら動きを弱めていくと、

「アア……！」

香織も声を洩らし、グッタリと強ばりを解きながら体重を預けてきた。

涼太も力を抜き、まだ収縮を繰り返す膣内でピクンと幹を過敏に跳ね上げた。

そして重みと温もりを受け止め、湿り気ある果実臭の息を間近に嗅ぎながら、うっとりと余韻を味わったのだった。

「とうとう、ここでしちゃったわ……」

香織が荒い息遣いで囁いた。どうやら以前から、神聖な場所に男を連れ込むことを妄想していたようだ。

ようやく股間を引き離すと、彼女はゴロリと横になり、何度か思い出したようにビクッと肌を波打たせていた。

やがて呼吸を整えると、香織はノロノロと身を起こして顔を移動させ、愛液とザーメンに濡れた先端に舌を這わせてきた。

「あう……、も、もういいよ……」

腰をよじって言ったが、香織は執拗に呑み込んで吸い付き、舌でヌメリを綺麗にしてくれた。そして香織も満足してスポンと口を離すと、立ち上がってシャワールームへと行った。

バスタブはなく、一人専用のシャワールームが並んでいるだけだ。

涼太も身を起こし、女子しか入ることのないシャワールームで全身を洗い流した。どこもかしこも女子大生たちの体臭が籠もり、またペニスが反応しそうになってしまった。

しかし、そろそろ引き上げ時であろう。万一、誰か来ないとも限らない。

香織も身体を拭くと、もうジャージでなく自分の服を着はじめたので、涼太も身繕いをした。

「今度は、また私の部屋でしましょうね」

「うん、メールして」

言われて涼太も答え、やがて一緒に更衣室を出た。

そして体育館を出ると香織は帰ってゆき、涼太も大学を出てハイツへと戻ったのだった。

夕食の仕度をしていると、今度は志保里からメールが入った。明日、大学ではなくラブホテルに行きたい旨が書かれていたので、彼は今夜もオナニーを控え、明日に備えることにしたのだった。

第六章　甘い匂いに包まれて

1

「同じ密室でも、こっちの方が落ち着くわね」

志保里が、早くも興奮を高めて服を脱ぎはじめた。

涼太も、大学を退《ひ》けるとすぐ待ち合わせ、二人で駅裏のラブホテルに入ったのだった。

「でも、大学では誰かが来るかも知れないスリルと、神聖さを冒すときめきがあったでしょう」

「ええ、だからその分、ここではうんと声を上げてみたいわ」

志保里が、たちまち一糸まとわぬ姿になってベッドに横たわった。いつも学内でしているため、今日も事前のシャワーなど気にしていないようだった。

涼太も全裸になり、彼女に添い寝していった。

知的な印象のメガネを外した彼女は、一気に淫らな美女に変身したようだった。雀斑《そばかす》が魅惑的で、巨乳も妖しく息づき、肌から発する甘ったるい匂いに彼も高まった。

まずは甘えるように腕枕してもらい、腋《わき》の下に鼻を埋め込み、濃厚な体臭に酔いしれながら、膨らみに指を這《は》わせていった。

「アア……」

志保里もすぐ喘《あえ》ぎはじめ、うねうねと熟れ肌を悶《もだ》えさせはじめた。

涼太は匂いで胸を満たしてから顔を移動させ、チュッと乳首に吸い付いていった。

彼女もビクリと身構え、両手で涼太の顔を胸に掻《か》き抱《いだ》いた。

舌で転がしながら顔中を押し付けると、膨らみの張りと弾力が伝わり、彼は両の乳首を交互に吸い、軽く歯でも刺激してやった。

「あう、もっと強く……」

志保里がせがみ、彼もコリコリと前歯で乳首を愛撫《あいぶ》し、やがて滑らかな肌を舐《な》め降りていった。

形良い臍《へそ》を舐め、張り詰めた下腹から豊満な腰、ムッチリした太腿《ふともも》に行き、脚を舐め降りていった。

彼女もじっと身を投げ出して、彼の愛撫を受け止めていた。

何しろ今まではソファだったから、こうして全裸になり大の字になって手足を投げ出すのも初めてなのである。

足首まで舌でたどると、彼は足裏に回って顔を押し付け、踵《かかと》から土踏まずに舌を這わせながら指の股に鼻を割り込ませて嗅いだ。

今日も、期待が大きいぶん汗と脂の湿り気が多めで、蒸れた匂いも濃く沁《し》み付いていた。

涼太は美女の足の匂いで鼻腔《びこう》を満たしてから、爪先にしゃぶり付いて全ての指の間に舌を挿し入れて味わった。

「アア……、汚いのに……」

志保里が脚をくねらせて言ったが、すでに興奮と期待で朦朧《もうろう》となっていた。

涼太は、もう片方の足もしゃぶり、味と匂いを堪能《たんのう》してから脚の内側を舐め上げていった。

彼女も大胆に大股開きになり、白い下腹をヒクヒクと息づかせていた。

涼太は滑らかな内腿を舐め、充分すぎるほど熱い愛液に潤う割れ目に迫った。

指で陰唇を左右に広げると、微《かす》かにクチュッと湿った音がし、完全に開かれて中の柔肉が丸見えになった。

膣口《ちつこう》は涎《よだれ》を垂らして妖しく息づき、ポツンとした尿道口も見え、光沢あるクリトリスがツンと突き立っていた。

もう堪《たま》らず、涼太は吸い寄せられるようにギュッと志保里の股間に顔を埋め込んでいった。柔らかな茂みに鼻を擦《こす》りつけて嗅ぐと、汗とオシッコの匂いが悩ましく混じって鼻腔を刺激してきた。

舌を挿し入れると淡い酸味のヌメリが迎え、彼は膣口の襞《ひだ》をクチュクチュ掻き回してから、ゆっくりクリトリスまで舐め上げていった。

「あう……、いい気持ち……」

志保里がビクッと顔を仰《の》け反《ぞ》らせて言い、内腿でキュッときつく彼の両頬を挟み付けてきた。

彼はもがく腰を抱え込んで押さえ、執拗《しつよう》にチロチロとクリトリスを舐め、上の歯で包皮を剥《む》き、完全に露出させてチュッと吸い付いた。

「ああ……、それ、いい……」

志保里も、やはり学内と違い遠慮なく声を洩《も》らし要求してきた。

涼太も吸い付いては新たな愛液をすすり、さらに彼女の両脚を浮かせ、白く豊満な尻に迫っていった。

谷間の蕾《つぼみ》に鼻を埋《うず》めると、双丘が顔中に密着し、秘めやかな匂いが鼻腔を刺激してきた。

彼は美女の恥ずかしい匂いを嗅いでから蕾に舌を這わせ、細かに震える襞を濡《ぬ》らし、ヌルッと潜り込ませて滑らかな粘膜を掻き回した。

「あう……、ダメ……」

志保里が呻《うめ》き、浮かせた脚を震わせ、肛門《こうもん》でキュッと舌先を締め付けた。

涼太も充分に舌を蠢《うごめ》かせてから、ようやく脚を下ろしてやり、再び舌を割れ目に戻した。

大洪水になっている愛液をすすり、またクリトリスに吸い付き、今度は軽く歯を当てて刺激してやった。

「アア……、も、もうダメ、お願い、入れて……！」

志保里が嫌々をして激しくせがみ、腰を抱える彼の両手を握り、引っ張り上げてきたのだった。

涼太もそのまま顔を上げて前進し、まだしゃぶってもらっていないが、待ちきれない思いで先端を割れ目に擦りつけ、ヌメリを与えてから位置を定めると、ゆっくり挿入していった。

張りつめた亀頭が潜り込み、あとは心地《ここち》よい肉襞の摩擦を受けながらヌルヌルッと根元まで押し込んでしまった。

「ああッ……、いい気持ち……！」

志保里が身を弓なりにさせて喘ぎ、両手を伸ばして彼を抱き寄せた。

涼太も身を重ね、胸で柔らかな乳房を押しつぶしながら股間を密着させ、締め付けと温《ぬく》もりを味わった。

すると彼女が、しがみつきながらズンズンと股間を突き上げはじめた。

涼太も合わせて腰を前後させ、クチュクチュとリズミカルに出し入れさせて高まった。

彼女の収縮と潤いも増し、互いに絶頂を迫らせていった。

しかし、いきなり志保里が動きを止め、両手を突っ張って彼の身体を引き離したのだ。

「お願い、お尻を犯して……」

「え……？」

言われて、涼太は戸惑ったが、大いなる興味は湧いた。

「前からしてみたかったんです。お尻の処女をあげます……」

志保里が言う。確かに、この行為は学内では無理だっただろう。

そして彼女の肉体に残った最後の処女の部分ということで、涼太も完全にその気になった。

彼は身を起こし、深々と埋まっていたペニスをいったん引き抜いた。

「あん……」

抜ける感触に志保里が声を洩らし、すぐに自分で両脚を浮かせて抱え、尻を突き出してきた。

見ると、割れ目から滴《したた》る愛液が肛門までネットリと濡らしていた。

彼は愛液にまみれた先端を可憐《かれん》な蕾に押し当て、呼吸を計りながら押し込んでいった。

彼女も口呼吸をして懸命に括約筋《かつやくきん》を緩めていたので、タイミングも良かったのか、一気に最も太い亀頭のカリ首までが潜り込んでしまった。

「あう……！」

志保里が眉をひそめ、まさに処女を失う感じで呻いたが、すでに肛門は丸く押し広がり、襞をピンと伸ばして、今にも裂けそうなほど張り詰めて光沢を放っていた。

あとはズブズブと意外に滑らかに押し込むことが出来、涼太の股間に尻の丸みがキュッと押し付けられて心地よく弾んだ。

「大丈夫？」

「ええ……、どうか、突いて中に出して……」

気遣って囁《ささや》くと、志保里が違和感に耐えながら答えた。

やはり膣内とは感触が違うが、思っていたほどのベタつきはなく、むしろ滑らかで、さすがに入り口の締め付けは強かった。

それでも小刻みに腰を前後させはじめると、彼女も緩急の付け方に慣れてきたか、次第にクチュクチュと滑らかな律動が出来るようになっていった。

「アア……、いい気持ち……」

志保里が念願を叶《かな》えて喘ぎ、キュッキュッと締め付けてきた。

そして自ら乳首をつまんで動かし、空いているクリトリスにも指を這わせ、激しく擦りはじめたのだ。

大量の愛液が溢れ、指の動きに合わせてピチャクチャと淫らな音が響き、彼もそんな様子と摩擦快感に高まっていったのだった。

2

「い、いく……！」

涼太は口走り、大きな絶頂の快感に貫かれながら、熱い大量のザーメンをドクンドクンと勢いよく直腸内部にほとばしらせてしまった。

「あ、熱いわ……、気持ちいい……！」

噴出を感じた志保里も口走り、激しくクリトリスを擦りながらガクガクとオルガスムスの痙攣《けいれん》を開始した。

やはりアナルセックスだけの感覚ではなく、乳首やクリトリスへの刺激など総合的に味わった上の絶頂だったようだ。

内部も膣内と連動するように収縮し、愛液は粗相したように彼女の股間をビショビショにさせていた。

内部に満ちるザーメンのヌメリで、動きはさらにヌラヌラと滑らかになり、果ては彼も気遣いを忘れて激しく動き続け、心置きなく最後の一滴まで出し尽くしていった。

新鮮な感覚にすっかり満足し、涼太は動きを止めて荒い呼吸を繰り返した。

「アア……」

志保里も思いを遂げて声を洩らし、乳首とクリトリスから指を離し、グッタリと肌の強《こわ》ばりを解いていった。

涼太が引き抜くまでもなく、ヌメリと締まりの良さでペニスは自然に押し出され、ツルッと抜け落ちた。何やら、美女の排泄物《はいせつぶつ》にでもなったような妖しいときめきが湧いた。

肛門は丸く開いて一瞬粘膜を覗《のぞ》かせたが、徐々につぼまって元の可憐な形状に戻り、裂けた様子もなかった。

「ね、バスルームへ行きましょう」

志保里は、余韻に浸る余裕もなく言って起き上がり、一緒にベッドを降りた。

バスルームで互いの全身を洗い流し、特に彼女はボディソープでヌラヌラと念入りにペニスを洗ってくれた。

「さあ、オシッコして。中も洗い流した方がいいわ」

言われて、涼太はムクムクと回復しそうになるのを我慢しながら懸命に尿意を高め、やがて見守られながらチョロチョロと放尿した。

出し切ると、志保里はまた洗い流してくれ、最後に消毒するように屈《かが》み込み、チロリと尿道口を舐めてくれた。

「ね、志保里さんもオシッコして」

涼太はムクムクと回復しながら床に座って言い、目の前に志保里を立たせた。

彼女もまだ興奮冷めやらず、素直に股間を突き出し、片方の足を浮かせてバスタブのふちに乗せた。

開かれた割れ目に顔を埋め、舌を這わせると、新たな愛液が湧き出してきたが恥毛に沁み付いていた濃い匂いは薄れてしまった。

「アア……、出るわ、いいのね……」

すぐにも尿意を高め、志保里が言うなり内部の柔肉が迫《せ》り出すように盛り上がり、味わいと温もりが変化した。

同時にチョロチョロと温かな流れがほとばしり、涼太は口に受けた。

味わいと匂いは薄めで抵抗なく喉を通過したが、急に勢いが増したので口から溢《あふ》れ、胸から腹に温かく伝い流れ、すっかりピンピンに勃起したペニスを心地よく浸した。

やがてピークを過ぎると勢いが衰え、放尿は治まった。

涼太は残り香の中で舌を這わせ、余りの雫《しずく》をすすった。

しかし、すぐに新たな愛液が湧き出し、味わいが洗い流されて淡い酸味のヌメリが満ちていった。

「ああ……、も、もうダメ……」

志保里が足を下ろして言い、力尽きたようにクタクタと座り込んできた。

それを抱き留め、もう一度互いの全身を洗い流すと、彼女を支えながら立ち上がった。

身体を拭き、全裸のままベッドに戻った。

もちろん涼太はすっかり元の硬さと大きさを取り戻しているし、志保里も正規の場所で仕上げたいようである。

「上から入れて……」

涼太が仰向《あおむ》けになって言うと、志保里もまず屈み込んで亀頭をしゃぶり、充分に唾液でヌメらせてくれた。

そしてスポンと口を離して身を起こし、前進して跨《また》がってきた。

先端を膣口に押し当て、感触を味わうようにゆっくり腰を沈み込ませると、ペニスはヌルヌルッと滑らかに根元まで嵌《は》まり込んだ。

「アアッ……！」

志保里が顔を仰け反らせて喘ぎ、キュッと締め付けてきた。さっきは初のアナルセックスに戸惑い気味だったので、今回はじっくりと快感を貪っているようだった。

彼女は密着した股間をグリグリと擦りつけるように動かし、身を重ねてきた。

涼太も両手を回して抱き留め、僅かに両膝を立てて尻を固定し、熱いほどの温もりと心地よい締め付けを味わった。

下から顔を抱き寄せ、唇を重ねると、

「ンンッ……！」

志保里は自分から舌を挿し入れてクチュクチュとからめ、熱く鼻を鳴らしながら腰を遣いはじめた。

涼太も滑らかに蠢く舌を舐め回し、生温かな唾液をすすりながら徐々に股間を突き上げはじめた。やはりアナルセックスも新鮮な悦《よろこ》びはあったが、膣内の摩擦には敵《かな》わないだろう。

突き上げるたび、摩擦と締め付けが増し、溢れる愛液が彼の陰嚢《いんのう》を生温かく濡らし、肛門の方まで伝い流れてきた。

「ああ……、い、いきそう……！」

志保里が口を離し、熱く喘ぎながら熱っぽく彼を見下ろした。

「お願い、いつものメガネを……」

涼太がせがむと、志保里も枕元に手を伸ばしてメガネを掛けてくれ、いつも馴《な》染《じ》んでいる知的な顔に戻ってくれた。

そして彼女の喘ぐ口に鼻を押し込んで嗅ぐと、花粉のように甘い刺激が鼻腔を湿らせ、悩ましく胸に沁み込んでいった。

「唾も飲ませて……」

言うと志保里も懸命に唾液を分泌させ、白っぽく小泡の多い粘液をグジューッと垂らしてくれた。彼は舌に受けて味わい、うっとりと喉を潤しながら動きを強めていった。

「顔中もヌルヌルにして……」

さらに顔を引き寄せてせがむと、志保里も絶頂を迫らせながら腰を遣い、彼の顔に唾液を垂らし、舌で塗り付けてくれた。

花粉臭の息に甘酸っぱい唾液の匂いも混じり、彼は顔中ヌルヌルにまみれながら高まっていった。

「い、いく……!」

とうとう彼は先に昇り詰め、口走りながらありったけの熱いザーメンをドクンドクンと勢いよく内部にほとばしらせてしまった。

「あう、いいわ、いく……、アアーッ……!」

噴出を受けた途端、志保里も声を上ずらせ、ガクガクと狂おしいオルガスムスの痙攣を開始した。

膣内の収縮が高まり、愛液は潮を噴くように大量に溢れて律動をクチュクチュと滑らかにさせた。

涼太は心ゆくまで快感を嚙み締め、最後の一滴まで出し尽くしていった。

そして、すっかり満足しながら突き上げを弱め、力を抜いていくと、

「アア……、良かったわ……」

志保里も満足げに声を洩らし、肌の硬直を解きながらグッタリと彼にもたれかかってきた。

涼太は彼女の重みと温もりを受け止め、まだ名残《なごり》惜しげに収縮する膣内に刺激され、ヒクヒクと幹を過敏に跳ね上げた。

「あうう……、もうダメ、感じすぎるわ……」

志保里も敏感になっているように、熱く呻いて腰をよじった。

涼太は重なってくる美女のかぐわしい息を胸いっぱいに嗅ぎ、うっとりと快感の余韻を味わったのだった。

「このまま、眠ってしまいたい……」

「いいよ、眠っても」

「重いでしょう……」

志保里は言い、やはり体重を預けているのを遠慮し、そろそろと股間を引き離してゴロリと添い寝した。

「まだ、何かしてみたいことはある？」

「ええ、ＳＭだとかコスプレなんかもしてみたいけれど、今度また何か考えてみるわね」

志保里は答え、横から肌を密着させながら荒い息遣いを繰り返した。

涼太も呼吸を整えながら、自分も何かしてみたいことを考えてみたが、何しろ射精した直後の賢者タイムに入っているから何も浮かばなかった。

そして済んだばかりの志保里より、また別の女性を思ってしまい、彼女の温もりを感じながら申し訳ない気持ちに包まれたのだった。

3

「下着の代わりに、ママの当時の水着を着て来ちゃった……」

部屋に入った理沙が、恥ずかしげに涼太に言った。やはり真希と三人より、二人きりの方がときめくようだ。

それに涼太が奈緒子のことを好きだったと知っているので、それでも喜んでもらおうと、理沙は複雑な思いで母親の水着を黙って借り、着てきてしまったのだろう。

「本当？　脱いで見せて」

涼太は興奮を高め、自分から脱ぎながら言った。

理沙もモジモジしながらブラウスとスカート、ソックスを脱ぎ去った。

すると、青いビキニの水着姿が現れた。

この水着は、涼太も持っている写真集で使ったものである。理沙も、当時の奈緒子とサイズが同じようで、ピッタリとして似合っていた。

「わあ、すごく可愛《かわい》いよ」

全裸になった涼太は、激しく勃起しながら言って彼女を布団に招いた。

「ね、でも私は私よ。それだけ忘れなければ、何でも言う通りにするので」

理沙が言い、水着姿で迫ってきた。もちろんシャワーも浴びず、そのまま奈緒子の水着を着けたようだった。

横たえて見下ろすと、胸の膨らみも腹部の張りも太腿のムッチリ感も、実に奈緒子と瓜《うり》二つだった。

顔立ちもそっくりで、違うのは髪型ぐらいのものである。

まず、涼太は彼女の足の方から迫り、形良く綺麗《きれい》な足裏に舌を這わせ、縮こまった指の間に鼻を押し付けて嗅いだ。

母親の水着を着てきたせいか、興奮と羞恥も高まり、指の股はかなりジットリと汗と脂に湿り、ムレムレの匂いが濃く籠もっていた。

涼太は執拗に嗅いでから爪先にしゃぶり付き、桜色の爪を噛《か》み、順々に指の間に舌を割り込ませて味わった。

「アアッ……！」

理沙がビクッと反応して喘ぎ、彼の口の中で、唾液にまみれた指先で舌をキュッと挟み付けてきた。

彼は味わい尽くし、もう片方の足もしゃぶって味と匂いを貪った。

理沙もすっかり興奮を高め、ヒクヒクと肌を震わせながら、彼の愛撫に身を投げ出していた。

やがて涼太は股を開かせ、脚の内側を舐め上げ、腹這いになって股間に顔を進めていった。白くムッチリした内腿を舐め、張りのある感触に頰ずりし、やがて水着の上から股間に鼻を埋めて嗅いだ。

繊維の隅々に、ほんのり理沙の体臭が沁み付いて鼻腔をくすぐってきた。

「じゃ、せっかく着てくれたけど、脱ごうね」

彼は言って指を掛け、水着を引き下ろしていった。理沙も僅かに尻を浮かせ、やがて彼は脱がせた水着を両足首からスッポリ抜き取った。

そして大股開きにさせ、あらためて股間に顔を寄せていった。

ぷっくりした丘の若草が彼の息にそよぎ、割れ目からはみ出した陰唇が、ヌメヌメと清らかな蜜に潤っていた。

指を当てると、濡れた柔肉が丸見えになり、花弁状に襞の入り組む膣口が息づいていた。

恐らく、当時の奈緒子もこのような形をしていたのだろう。

涼太は顔を埋め込み、柔らかな茂みに鼻を擦りつけ、生ぬるい汗とオシッコの匂いを嗅いだ。

そして淡い酸味のヌメリに満ちた膣口をクチュクチュ掻き回し、ツンと突き立ったクリトリスまで、味わいながらゆっくり舐め上げていった。

「ああッ……！」

理沙が熱く喘ぎ、反射的にキュッときつく内腿で彼の両頬を挟み付けてきた。

涼太は執拗に理沙の匂いを貪り、クリトリスに吸い付いては溢れる愛液をすすった。

さらに両脚を浮かせ、白く豊満な尻の谷間に鼻を埋め込み、ピンクの蕾に籠もった微香を嗅いでから、チロチロと舌を這わせて襞を濡らし、ヌルッと潜り込ませて滑らかな粘膜を味わった。

「く……」

理沙が呻き、肛門でキュッキュッと彼の舌先を締め付けた。

涼太も舌を蠢かせ、美少女の前も後ろも充分に味わってから身を起こし、いったん彼女の股間から這い出した。

そして愛らしい臍を舐め、顔を押し付けて腹部の弾力を味わってから胸に這い上がり、ビキニを脱がせた。

当時の奈緒子そっくりな、豊かな膨らみが露《あら》わになって弾み、生ぬるく甘ったるい匂いが揺らめいた。

涼太は、また吸い寄せられるように顔を寄せ、清らかな乳首にチュッと吸い付き、舌で転がしながら顔中を柔らかな膨らみに押し付けた。

「アア……」

理沙も、快感に朦朧となりながら熱く喘ぎ、クネクネと身悶えていた。

涼太は左右の乳首を順々に含んで舐め回し、さらに腋の下にも鼻を埋め込み、ジットリ汗ばんで濃厚に甘ったるい匂いに噎《む》せ返りながら舌を這わせた。

スベスベの腋の汗を味わい、さらに鎖骨から首筋まで舐め上げていった。

「あん……」

すると理沙がビクッと反応して声を洩らし、今度は自分が愛撫する番だというふうに身を起こしてきた。

涼太も、そのまま仰向けの受け身体勢になると、理沙はたったいま自分がされていたように彼の乳首に吸い付き、熱い息で肌をくすぐりながら舌を這わせてくれた。

そして彼が好むのを知っているので、前歯でそっと乳首を噛み、左右とも愛撫してから、肌を舐め降りて股間に移動していった。

涼太は、彼女が来るとメールしてきた時点でシャワーを浴びているので、どこを舐められても綺麗である。

理沙が股間まで降りると、すぐにも幹を握って先端に舌を這わせてきた。

尿道口から滲《にじ》む粘液をチロチロと舐め取り、小さな口を精一杯丸く開いて、張りつめた亀頭を頬張って吸い付いた。

「アア……、気持ちいいよ、すごく……」

涼太も快感に喘ぎ、美少女の口の中で唾液にまみれたペニスをヒクヒクと震わせた。ズンズンと股間を突き上げると、理沙も合わせて顔を上下させ、濡れた口で強烈な摩擦を繰り返した。

「ああ、いきそう……、跨いで入れて……」

涼太は急激に高まると言い、腰を抱える彼女の手を握って引っ張った。

理沙も素直にチュパッと口を引き離し、そのまま仰向けの彼の上を這い上がってきた。

ペニスに跨がると、自らの唾液にまみれた先端に割れ目を押し付け、自分から位置を定めてゆっくり腰を沈み込ませていった。

張りつめた亀頭が潜り込むと、あとはヌルヌルッと滑らかに根元まで受け入れて、完全に座り込んで股間を密着させた。

「ああッ……、いい気持ち……」

理沙も、すっかり快感に目覚め、顔を仰け反らせて喘ぎながらキュッキュッと味わうように締め付けてきた。

涼太も肉襞の摩擦と熱いほどの温もり、きつい締まりの良さを感じながら股間に美少女の重みを受け、内部でヒクヒクと幹を震わせた。

両手を伸ばして抱き寄せると、理沙もゆっくり身を重ね、柔らかなオッパイを彼の胸にキュッと押しつけてきた。

彼がズンズンと股間を突き上げはじめると、

「あう……、いいわ……」

理沙は粗相したように股間をビショビショにさせながら喘ぎ、それと分かるほど絶頂を迫らせていった。

涼太も動きながら、下から喘ぐ唇を求めて重ね、舌を挿し入れて滑らかな歯並びを舐めると、彼女もチロチロと舌をからみつかせてきた。

滑らかに蠢く舌の感触と、生温かく清らかな唾液を味わいながら突き上げを速めると、

「アアッ……！」

理沙が唾液の糸を引きながら口を離し、熱く喘いで締め付けてきた。

開いた口に鼻を押し込むと、湿り気ある甘酸っぱい息の匂いが悩ましく鼻腔を満たしてきた。

本人は、自分の息の匂いがどれほど男を惑わせるかなど知らないのだろう。

涼太は美少女の口の匂いに酔いしれながら股間を突き上げ、肉襞の摩擦に絶頂を迫らせていった。

すると先に理沙がオルガスムスに達し、

「き、気持ちいい……、アアーッ……！」

声を上ずらせて喘ぎ、ガクガクと狂おしい痙攣を開始した。

その収縮に巻き込まれ、続いて涼太も昇り詰め、大きな絶頂の快感に悶えながら勢いよくザーメンをほとばしらせてしまった。

「あう、熱いわ……」

噴出を感じながら言い、彼女はさらにキュッキュッと収縮を強めて悶えた。

涼太は心ゆくまで快感を嚙み締め、最後の一滴まで出し尽くしていった。

「アア……」

彼が満足して突き上げを弱めていくと、彼女も声を洩らし、グッタリと力を抜いてもたれかかってきた。

もう一人前の絶頂を覚え、膣内が名残惜しげにヒクヒクと収縮していた。

刺激されるたび彼自身はピクンと過敏に跳ね上がり、理沙も応えるようにキュッときつく締め上げてきた。

「ああ……、すごく良かった……」

「うん、もう完全に大人の女性だね」

荒い呼吸とともに言う理沙に、涼太も答えながら、もう一度念入りに唇を重ねて舌をからめた。

そして涼太は美少女の果実臭の息を胸いっぱいに嗅ぎながら、うっとりと快感の余韻を味わったのだった……。

4

「どうして、なかなか来てくれなかったの?」

家を訪ねると、奈緒子が詰《なじ》るように涼太に言った。

「ええ、あんまり僕の方から言い寄ると、しつこいと思われるんじゃないかと心配で……」

涼太は、期待に股間を熱くさせながら答えた。

実際は、あまりに憧れの大きかった元アイドル美熟女だから、いつでも出来ると思う状態にしたくなかったのだ。それに、間に他の多くの女性たちとも会っていたので肉体は満足していたのである。

今日は、とうとう奈緒子の方から、焦《じ》れたようにメールが来たのだった。

夜、理沙は友人と夕食するようなので遅くなり、奈緒子は、昼間買い物を終えた頃に来てほしいと言ってきたのである。

訪ねると、ちょうど奈緒子も買い物から戻ったばかりのようで、買ったものを冷蔵庫に入れているところだった。

だから奈緒子の熟れ肌は程よく汗ばんでいるだろうし、もちろん涼太は出がけにシャワーと歯磨きを終えて来ていた。

「そんな心配要らないのに」

「ええ、済みません」

「謝らなくていいから、うんと可愛がって」

奈緒子も、待ちきれないほど欲求が溜《た》まっているように言った。

「分かりました。では寝室へ」

「シャワー浴びたいのだけれど……」

「どうか、今のままでお願いします」

「ああ、そう言うと思ったわ。来る前に、急いで浴びてしまえば良かった……」

奈緒子が言う。実に危ういタイミングだったようだ。

とにかく寝室へ移動すると、奈緒子もシャワーを諦めて来た。

「CDかけてもいいですか」

言うと、奈緒子も当時の自分のアルバムをかけてくれた。

懐かしく清らかな歌声が流れ、涼太が服を脱いでいくと、奈緒子も脱ぎはじめてくれた。

先に全裸になってベッドに横になり、枕に沁み付いた奈緒子の匂いを嗅ぎながら激しく勃起し、脱いでいく奈緒子を見つめた。

理沙の時も興奮したが、やはり本人だと期待とときめきは絶大だった。

「衣装はいい？　どうせどれも着られないけれど」

「ええ、どうせすぐ全部脱ぐのだから、歌声だけでいいです」

彼が答えると、奈緒子もみるみる白い熟れ肌を露わにしてゆき、最後の一枚を脱ぎ去って添い寝してきた。

「ああ、奈緒子さん……」

涼太は感激しながら言い、甘えるように腕枕してもらった。

ジットリ汗ばんだ腋の下に鼻を埋め込み、生ぬるく甘ったるい匂いに噎せ返りながら、目の前で息づく巨乳に手を這わせた。

「アア……、汗臭いでしょう……」

奈緒子は羞恥に声を震わせ、乳首をいじられながらクネクネと身悶えた。

涼太は腋に籠もった汗の匂いを充分に嗅いでから、巨乳に移動した。

チュッと乳首に吸い付き、舌で転がしながら膨らみに顔中を押し付けると、やはり理沙より豊かで柔らかな弾力が感じられた。

「ああ……、いい気持ちよ……」

奈緒子がうっとりと喘ぎ、優しく彼の髪を撫《な》でてくれた。

涼太も充分に舐め回し、もう片方の乳首も含んで吸い、顔中で膨らみを味わいながら愛撫した。

そして滑らかな肌を舐め降りると、淡い汗の味と甘い匂いが感じられ、彼は臍まで降りて舌で探り、さらに張りつめた下腹から豊満な腰に移動した。

「あう、そこくすぐったいわ……」

腰骨を舐めると、奈緒子が息を詰めて呻き、腰をよじらせた。

彼も左右の腰骨を探り、やがてムッチリと量感ある太腿へ降り、そのまま脚を舐め降りていった。

丸い膝小僧からスベスベの脛《すね》を降り、足首まで行くと足裏に回り、顔中を押し付けて踵から土踏まずを舐め、形良く揃《そろ》った指に鼻を割り込ませて嗅いだ。

買い物を終えたばかりなので、そこはやはり生ぬるい汗と脂にジットリ湿り、蒸れた匂いが濃厚に沁み付いて鼻腔を刺激してきた。

涼太は充分に嗅いでから爪先にしゃぶり付き、順々に指の股を舐め、もう片方の足も味と匂いが薄れるまで貪り尽くしてしまった。

「アア……、汚いからダメよ……」

奈緒子は言ったが、すでに刺激で朦朧となり、何をしても拒まれる心配はなさそうだった。

やがて大股開きにさせ、脚の内側を舐め上げていった。

白く滑らかな内腿に舌を這わせると、股間から発する熱気と湿り気が顔中を包み込んできた。

涼太は、いよいよ中心部に迫った。彼女の綺麗な歌声を聴きながら、割れ目を観察するのは格別な気分であった。

色白の肌が下腹から股間に続き、ふっくらした丘には黒々と艶のある恥毛が程よく茂り、下の方は露《つゆ》を宿していた。肉づきが良く丸みを帯びた割れ目からは、薄桃色の陰唇がはみ出し、指で広げると中も綺麗なピンクの柔肉で、大量の蜜にヌメヌメと潤っていた。

かつて理沙が産まれてきた膣口は、白っぽい粘液をまつわりつかせて息づき、小さな尿道口も見え、真珠色の光沢を放つクリトリスがツンと突き立っていた。

そう、当時オナニーに使っていた奈緒子の水着の内部は、こうなっていたのだ。

涼太は感激と興奮に突き動かされるように、奈緒子の中心部にギュッと顔を埋め込んでいった。

柔らかな茂みに鼻を擦りつけて嗅ぐと、腋に似た甘ったるい汗の匂いが濃厚に籠もり、それにほのかな残尿臭が混じって鼻腔を悩ましく刺激してきた。

「なんていい匂い……」

嗅ぎながら思わず言うと、奈緒子がギュッときつく内腿で彼の両頰を挟み付けてきた。

彼は豊満な腰を抱え込み、匂いに酔いしれながら舌を這わせていった。

陰唇の内側を探り、膣口の襞をクチュクチュ掻き回すと、淡い酸味のヌメリが舌の動きを滑らかにさせた。

彼は充分に味わい、柔肉をたどりながらクリトリスまで舐め上げていくと、

「アアッ……!」

奈緒子がビクッと顔を仰け反らせて喘ぎ、内腿の締め付けを強めてきた。

涼太は舌先でチロチロとクリトリスを探り、上の歯で包皮を剝き、完全に露出した突起にチュッと吸い付いた。

「あう、もっと強く……！」

奈緒子も夢中になってせがみ、白い下腹をヒクヒクと波打たせ、新たな愛液を大量に漏らしてきた。

さらに彼は奈緒子の両脚を浮かせ、逆ハート型の豊かな尻に迫った。

谷間を広げると、薄桃色の蕾が恥じらうようにキュッと閉じられた。

鼻を埋め込むと、弾力ある双丘が顔中に密着し、蕾に籠もった汗の匂いと、秘めやかな微香が悩ましく鼻腔を刺激してきた。

涼太は充分に嗅いでから、舌を這わせて息づく襞を濡らし、ヌルッと潜り込ませて滑らかな粘膜を味わった。

「く……、ダメ……」

奈緒子が息を詰めて呻き、キュッと肛門で舌先を締め付けてきた。

涼太は舌を蠢かせ、うっすらと甘苦いような味覚を探り、果ては舌を出し入れさせるように動かした。

すると鼻先にある割れ目からは、さらに新たな愛液が泉のようにトロトロと湧き出してきた。

彼は舌を引き抜いて脚を下ろし、ヌメリを舐め取りながら割れ目に戻った。

溢れる愛液をすすり、再びクリトリスにチュッと吸い付き、さらに膣口に二本の指を挿し入れ、肛門にも左手の人差し指を押し込んだ。

前後の穴が、彼の指をキュッと締め付けてきた。

涼太はそれぞれの穴の内壁を小刻みに擦りながら、なおもクリトリスを吸うという三点責めに、奈緒子は激しく喘いで悶えた。

5

「アア……、い、いきそうよ、まだ堪忍……」

奈緒子が身を弓なりに反らせ、ガクガクと腰を跳ね上げながら降参するように言った。

涼太も指を蠢かせ、時に膣内の天井のGスポットを指の腹で圧迫しながら、執拗にクリトリスを吸い、舌先で弾《はじ》いた。

「ダメ……、ああーッ……！」

奈緒子は声を上げ、反り返って硬直し、潮を噴くように大量の愛液をほとばしらせた。

やがて力尽きた彼女がグッタリとなったので、ようやく涼太も舌を引っ込め、前後の穴からヌルッと指を引き抜いた。

膣に入っていた指の間は膜が張るように白っぽい愛液にまみれ、指の腹は湯上がりのようにふやけてシワになっていた。肛門に入っていた指に汚れはないが、悩ましい微香が感じられた。

涼太は股間から這い出し、放心している奈緒子に添い寝した。

やはり相当に溜まっていただけあり、舌と指の刺激だけで昇り詰めてしまったようだ。

その間も順々に歌声が流れ、涼太は勃起したペニスを熟れ肌に押し付けた。

「アア……」

すると奈緒子が息を吹き返したように声を洩らし、そろそろと彼の股間に指を這わせてきた。

「これを、早く入れてほしいのに……」

奈緒子は息を弾ませて言いながらニギニギと愛撫し、やがてノロノロと顔を移動させていった。涼太も仰向けの受け身体勢になり、屹立《きつりつ》した肉棒を彼女の鼻先に突き付けた。

やがて奈緒子は、彼の股間に熱い息を籠もらせ、張りつめた亀頭にしゃぶり付いてきた。

舌を這わせて尿道口から滲む粘液を舐め取り、スッポリと喉の奥まで呑《の》み込むと、上気した頬をすぼめて吸い付き、口の中ではクチュクチュと舌がからみついてきた。

「ああ……、気持ちいい……」

涼太は快感に喘ぎ、奈緒子の口の中で唾液にまみれた幹をヒクヒクと上下させた。すると奈緒子も充分にしゃぶってからスポンと離し、陰嚢に舌を這わせて睾《こう》丸《がん》を転がし、さらに両脚を浮かせ、自分がされたように肛門も舐め、ヌルッと潜り込ませてくれた。

「あう……！」

彼は感激と快感に呻き、味わうようにモグモグと美熟女の舌先を締め付けた。

内部で舌が蠢くと、内側から刺激されるようにペニスが震えた。

ようやく彼女は舌を抜いて脚を下ろし、再び亀頭をしゃぶってから、今度はすぐに顔を上げた。

「入れるわ……」

言いながら身を起こして前進し、彼の股間に跨がってきた。

先端に割れ目を押し付け、位置を定めて息を詰めながら、彼女はゆっくり腰を沈めて受け入れていった。

「アア……、いいわ、奥まで響く……」

ヌルヌルッと根元まで納めると、奈緒子が顔を仰け反らせて喘ぎ、キュッと締め付けてきた。

涼太も肉襞の摩擦と温もり、大量のヌメリと締め付けに包まれ、思わず暴発しそうなほどの快感を得て、慌てて肛門を締め付けて堪《こら》えた。

彼女もピッタリと股間を密着させて座り込み、何度か股間を擦りつけるように動かして巨乳を揺すり、すぐ身を重ねてきた。

涼太も両手を回して抱き留め、僅かに両膝を立て、尻の感触も得ながら膣内の収縮を味わった。

下から唇を重ねると、彼女も舌を挿し入れて蠢かせてくれた。

「ンン……」

奈緒子が熱く呻き、ネットリと舌をからめながら徐々に腰を動かしはじめた。

涼太も唾液をすすりながら、合わせてズンズンと股間を突き上げた。

「ああ、いいわ……、もっと強く奥まで……」

奈緒子が口を離して喘ぎ、動きを激しくさせていった。

涼太もリズミカルに股間を突き動かしながら、彼女の喘ぐ口に鼻を押し込み、熱く湿り気ある息を嗅いだ。それは白粉《おしろい》のように上品に甘い刺激を含み、心地よく胸に沁み込んできた。

「ね、奈緒子さんの声で言って。オマ××気持ちいいって」

下から囁くと、奈緒子の締め付けが激しくなった。

「オ、オマ××気持ちいいわ……、アア……」

言うと、奈緒子の潤いが増し、動きも激しくなった。

「涼太君のオチン××好きって言って」

「いいわ、本当に好きよ。涼太君のオチン××……」

奈緒子が言い、その綺麗な声に涼太も絶頂を迫らせていった。

「唾を垂らして……」

さらにせがむと、奈緒子も息を弾ませながら懸命に唾液を分泌させ、白っぽく小泡の多い粘液をグジューッと吐き出してくれた。

それを舌に受け、涼太はうっとりと味わいながら喉を潤した。

「顔中にも……」

言いながら顔を引き寄せると、奈緒子も彼の鼻筋に唾液を滴らせ、それを舌で塗り付けてくれた。涼太は顔中をヌルヌルにまみれさせてもらい、唾液と息の匂いでとうとう絶頂に達してしまった。

「い、いく……、あぁッ……！」

突き上がる大きな快感に口走り、ありったけの熱いザーメンをドクンドクンと勢いよく内部にほとばしらせると、

「あ、熱いわ……、いく……、アアーッ……！」

噴出を感じた奈緒子も、オルガスムスのスイッチが入って声を上ずらせ、そのままガクガクと狂おしい痙攣を開始した。

涼太は収縮する膣内の摩擦で、心ゆくまで快感を嚙み締め、最後の一滴まで出し尽くしていった。

そして、すっかり満足しながら突き上げを弱めていくと、

「アア……、良かったわ……」

奈緒子も満足げに声を洩らし、熟れ肌の硬直を解きながらグッタリと体重を預けてきたのだった。

彼は重みを受け止め、まだ収縮する膣内に刺激されてヒクヒクと幹を過敏に震わせた。そして熱く湿り気ある、白粉臭の息を間近に嗅ぎながら、うっとりと快感の余韻に浸り込んでいったのだった……。

――二人でバスルームに移動し、互いの全身を洗い流すと、ようやく奈緒子もほっとしたようだった。

まだまだ時間はあるし、早くも涼太自身はピンピンに回復していた。

「ね、奈緒子さんがオシッコするところ見せて」

涼太は例により、床に座り目の前に彼女を立たせて言った。

「そんな、出ないわ……」

「ほんの少しでいいから」

尻込みする彼女の片方の足を浮かせてバスタブのふちに乗せ、彼は開いた股間に顔を押し付けてせがんだ。

腰を抱えて濡れた茂みに鼻を擦りつけた。もう濃かった大部分の匂いは薄れてしまったが、新たな愛液が溢れてきた。

彼はクリトリスを吸い、割れ目内部を執拗に舐め回した。

「アア……、ダメよ、吸ったら出ちゃうわ……」

奈緒子も尿意を高めたように言い、中の柔肉を蠢かせた。

なおも吸っていると、とうとう彼女がガクガクと脚を震わせ、彼の頭に両手をかけた。

「で、出ちゃう……、ああ……」

言うなりチョロチョロと温かな流れがほとばしり、涼太の口に注がれてきた。

彼も夢中で味わい、喉に流し込んだが、味も匂いも実に上品で控えめなものだった。

出してしまうと止めようもなく勢いが増し、口から溢れた分が温かく胸から腹に伝い、回復しているペニスを心地よく浸してきた。

それでもピークを越えると急に勢いが衰え、やがて放尿が治まってしまった。

涼太は残り香の中で舌を這わせ、余りの雫をすすったが、すぐにも新たな愛液が溢れ、淡い酸味のヌメリが満ちていった。

「アア……、もうダメ……」

奈緒子は言って足を下ろし、力尽きたようにクタクタと座り込んできた。

それを抱き留めると、彼女も激しくしがみついてきたのである。

「私を夢中にさせて、いけない子ね。次は、何をしてくれるの……」

奈緒子が甘い息で囁き、熱っぽく彼を見つめた。そして元の硬さと大きさを取り戻しているペニスを握り、優しく愛撫してくれた。

涼太は、憧れのアイドルを独占している悦びに包まれ、次はどのようにしようか考えながら、唇を重ねていったのだった……。

本書は書き下ろしです。

実業之日本社文庫　最新刊

伊坂幸太郎
砂漠
この一冊で世界が変わる、かもしれない。一瞬で過ぎる学生時代の瑞々しさと切なさを描いた一生モノの傑作長編！　小社文庫限定の書き下ろしあとがき収録。
い12 1

宇江佐真理
為吉　北町奉行所ものがたり
過ちを一度も犯したことのない人間はおらぬ――与力、同心、岡っ引きとその家族ら、奉行所に集う人間模様。名手が遺した感涙長編。（解説・山口恵以子）
う2 3

熊谷達也
ティーンズ・エッジ・ロックンロール
このまちに初めてのライブハウスをつくろう――。東北の港町で力強く生きる高校生たちの日々が切ないほどに輝く、珠玉のバンド小説！（解説・尾崎世界観）
く5 2

今野 敏
マル暴甘糟《あまかす》
警察小説史上、最弱の刑事登場!?　夜中に起きた傷害事件は暴力団の抗争か半グレの怨恨か。弱腰刑事の活躍に笑って泣ける新シリーズ誕生！（解説・関根 亨）
こ2 11

沢里裕二
極道《クロ》刑事　新宿アンダーワールド
新宿歌舞伎町のホストクラブから女がさらわれた。拉致したのは横浜舞闘会の総長・黒井健人と若頭。しかし、ふたりの本当の目的は…。渾身の超絶警察小説。
さ3 5

堂場瞬一
ルール　堂場瞬一スポーツ小説コレクション
元五輪金メダリストが突然現役復帰した。旧友の新聞記者が真意を探って取材を重ねる中で、ある疑念を抱く――傑作スポーツサスペンス！（解説・松原孝臣）
と1 15

深町秋生
死は望むところ
神奈川県の山中で女刑事らが殲滅された。急襲したのは、武装犯罪組織・栄グループ。警視庁特捜隊は仲間を殺戮され、復讐を期す。血まみれの暗黒警察小説！
ふ5 1

穂高 明
夜明けのカノープス
仕事も恋も、うまくいかない。自分を持て余す日々を送る主人公が、生き別れた父親との再会を機に得たものとは……。落涙必至の感動長編。（解説・渡部潤一）
ほ3 1

睦月影郎
ママは元アイドル
幼顔で巨乳、元歌手の相原奈緒子は永遠のアイドルだ。大学職員の僕は、35歳の素人童貞。ある日突然、美少女が僕の部屋にやって来て…。新感覚アイドル官能！
む2 7

実業之日本社文庫　好評既刊

睦月影郎
淫ら上司　スポーツクラブは汗まみれ
超官能シリーズ第1弾！　断トツ人気作家が描く爽快エロス。スポーツジムの更衣室やプールで、上司や人妻など美女たちと……。
む21

睦月影郎
姫の秘めごと
山で孤独に暮らす十郎。彼のもとへ天から姫君が降ってきた！　やがて十郎は姫や周辺の美女たちと……。名匠が情感たっぷりに描く時代官能の傑作！
む22

睦月影郎
淫ら病棟
メガネ女医、可憐ナース、熟女看護師長、同級生の母、若妻などと検診台や秘密の病室で……。病院官能小説の名作が誕生！（解説・草凪 優）
む23

睦月影郎
時を駆ける処女
過去も未来も、美女だらけ！　江戸の武家娘、幕末の後家、明治の令嬢、戦時中の女学生と、濃密なめくるめく時間を……。渾身の著書500冊突破記念作品。
む24

睦月影郎
淫ら歯医者
新規開業した女性患者専用クリニックには、なぜか美女が集まる。可憐な歯科衛生士、巨乳の未亡人、アイドル美少女まで。著者初の歯医者官能、書き下ろし!!
む25

睦月影郎
性春時代
目覚めると、六十歳の男は二十代の頃の自分に戻っていた。アパート隣室の微熱OL、初体験を果たせなかった恋人と……。心と身体がキュンとなる青春官能！
む26

実業之日本社文庫 む27

ママは元《もと》アイドル

2017年10月15日　初版第1刷発行

著　者　睦《む》月影郎《つきかげろう》

発行者　岩野裕一
発行所　株式会社実業之日本社
〒153-0044　東京都目黒区大橋1-5-1
クロスエアタワー8階
電話［編集］03(6809)0473［販売］03(6809)0495
ホームページ　http://www.j-n.co.jp/
DTP　ラッシュ
印刷所　大日本印刷株式会社
製本所　大日本印刷株式会社

フォーマットデザイン　鈴木正道（Suzuki Design）

ISBN978-4-408-55390-0（第二文芸）